나의

인생은

충분했을까

이 책은 흘러가며 남겨진 마음의 기록들을 담고 있습니다.

표지의 마블 텍스처는 시간과 감정이 겹겹이 번져 만들어진 삶의 무늬를 상징합니다.

한 번 떨어진 잉크가 완전히 지워지지 않듯, 우리가 지나온 선택과 흔적 역시 그렇게 스며 남습니다.

그 위에 배치된 타이포그래피는 흘러가는 삶 속에서도 자신을 잃지 않으려는 의지를 담았습니다.

'불완전하지만 충분했던' 삶의 결이 이 책의 표지를 이루고 있습니다.

나의

인생은

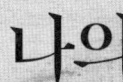
글·이송이

충분했을까

살아온 날들의 무게보다,
살아갈 마음이 더 중요하니까

harmonybook

나의 인생은 충분했을까

별일 없이 살아도 인생은 버거울 때가 있어요. 큰 좌절감, 넘쳐나는 슬픔, 타인과의 서툰 관계로 인한 깊은 우울감. 그 시절, 감당할 수 없을 정도로 슬픔이 휘몰아쳤지만 지나고 나니 그 속에서 한숨을 쉴 수 있는 작은 틈은 남겨졌던 것 같아요.

전 20대가 가장 많은 감정 변화를 겪는 시기라고 생각해요. 고등학교 졸업 후, 대학생활과 치열한 취업 준비, 군대, 그리고 마치 다른 별에서 온 것 같은 사람과의 연애와 결혼, 그리고 출산까지. 100세 시대라 인생의 폭이 넓어졌다고 하지만, 다양한 변천 속에서도 내면의 소용돌이는 여전히 20대 때가 가장 강하게 느껴집니다. 그 중에서도 가장 많이 고민했던 부분들을 통해 조금이나마 위로와 공감을 드리고 싶습니다.

저는 늘 제 생각에 의문을 품으며 살아왔어요. 물론 제 생각이 모두에게 정답은 아니겠지만, 내가 생각하는 것이 맞는 답인지, 혹시 틀린 건 아닐지, 틀렸을 때는 어떻게 해야 할지 스스로를 붙잡고 물었던 날들이었어요.

그동안 여러 가지 고민과 근심에 빠졌던 경험을 함께 나누며 풀어보는 건 어떨까요? 서로의 생각을 공유하며 공감도 얻고, 때로는 위로도 건네주면서 말이죠 :)

누군가를 만나면 우리는 자연스럽게 "안녕하세요?" 하고 인사를 건네죠. 늘 타인의 안부는 묻지만, 정작 우리는 우리 자신에게 "안녕했니?" 하고 물어본 적이 있을까요?

가끔은 멈춰서,

그동안 살아온 시간들을 다시 묶고 매듭짓는 일은 꼭 필요하
다고 생각해요.

이 글의 시작점인 프롤로그를 마무리하며

한 번쯤, 스스로에게 조용히 되물어봤으면 좋겠습니다.

나의 인생은 충분했을까?

이 책은 사전처럼, 어느 페이지를 펼쳐도 읽을 수 있어요.

마음이 끌리는 단어부터 시작해도 괜찮아요.

각 페이지는 하나의 조각이지만,

결국 당신의 이야기와 이어질 거예요. ☺

차례

차례

차례

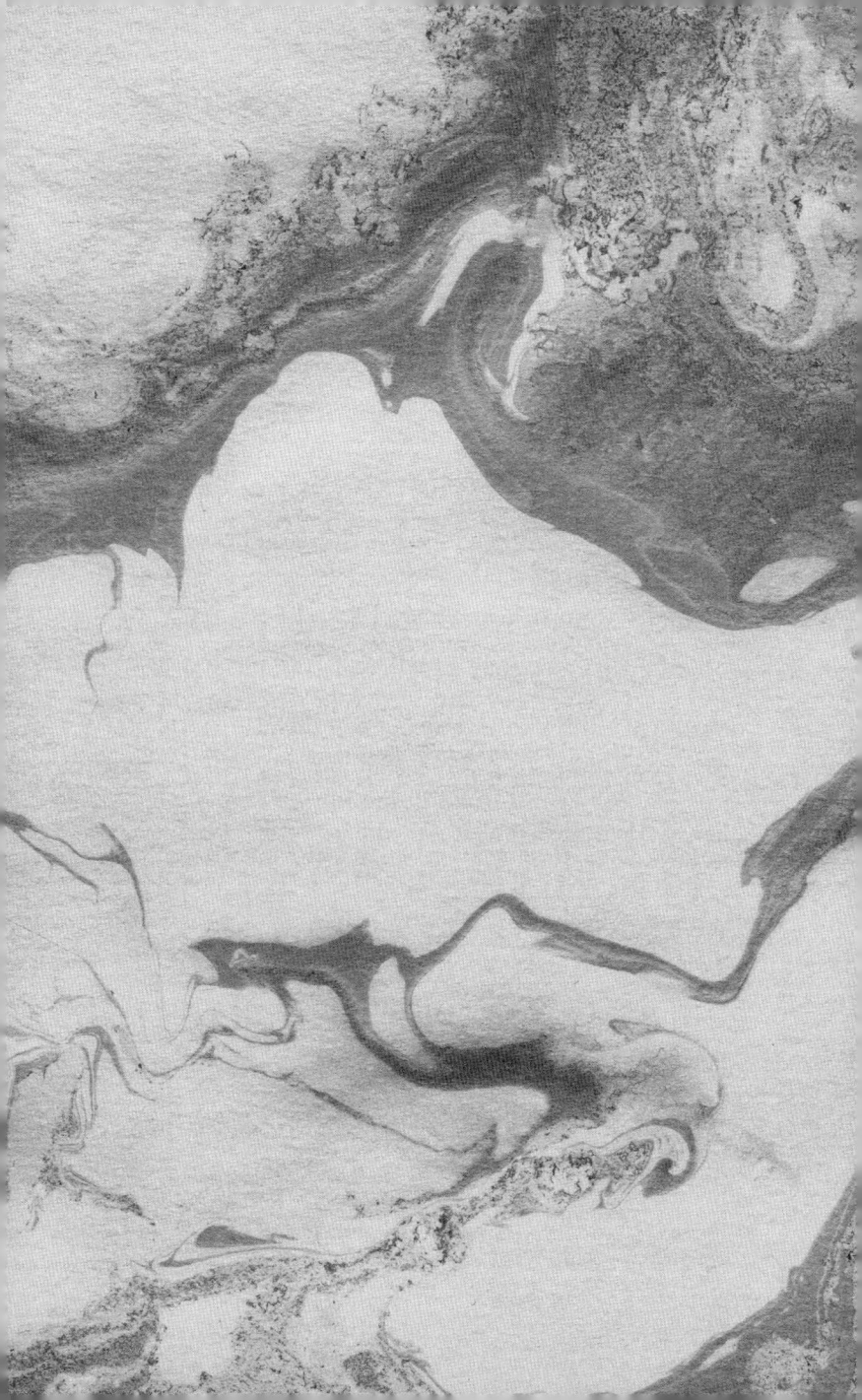

가족
- 사랑을 배우는 가장 서툰 방식

왜인지 모르겠어요. 유독 엄마에 대해서는 더 깐깐해졌고, 더 예민해졌어요. 외국살이를 마치고 돌아올 때마다 좋지 않은 몸으로 집에 들어서면, 발을 동동 구르며 바라보는 엄마의 시선이 늘 미안하면서도 부담스럽게 다가왔거든요. 호주에서도, 일본에서도 나는 자주 아팠지만 어떻게든 혼자 견뎌냈어요. 그런데 집에 돌아오면 엄마의 눈길 하나가 그동안 애써 숨겨왔던 나의 약함을 단숨에 들추는 것만 같았어요.

나는 내가 아픈 걸 남들이 아는 게 싫었어요. 그래서 몸이 힘들어도 티 내지 않으려 애썼죠. 하지만 아이러니하게도, 부모님과 멀리 떨어져 지낼 때는 그리움이 먼저 찾아왔습니다. 예쁜 풍경을 보면 엄마 아빠 생각이 났고, 작은 기념품을 보며 선물하고 싶었어요. "엄마 아빠도 여기 오면 참 좋을 텐데." 그렇게 몇 번이고 중얼거렸죠.

그랬던 내가 부모님과 한 지붕 아래 지내는 순간, 전혀 다른 사람이 되곤 했습니다. 혼자 살 땐 누구의 방해도 받지 않고 마음껏 고요를 누릴 수 있었어요. 하지만 함께 살면 집안 곳곳의 소음이 나를 쉽게 예민하게 만들었죠. 낮잠의 고요는 쉽게 깨지고, 공기는 묘하게 답답해지고, 목소리는 점점 날카로워졌죠. 스스로도 낯설 만큼 예민해져서, 나조차 이해되지 않아 종종 당황스러웠어요.

어느 날은 엄마와 크게 다투고 난 뒤, 가까운 사람에게 하소연을 늘어놓았어요. 한참을 듣던 그 친구가 이렇게 말해주더군요.

"우리 나이쯤 되면, 엄마랑 바톤터치를 해야 할 때인 것 같아. 엄마는 네게 숨 쉬는 법부터 살아가는 법까지 다 알려준 사람이잖아. 이제 우리가 엄마를 품어야 할 때 아닐까."

그 말을 듣고 마음이 묵직해졌습니다. 사실 나는 엄마를 미워한 게 아니라, 늘 엄마에게 미안한 마음이 먼저였다는 걸 그제야 조금 깨달았거든요.

엄마는 종종 서운하다는 표정을 지으며 이렇게 말했어요. "너는 왜 항상 내 편을 안 들어줘?" 엄마가 친구와 다투고 속상해할 때면, 나는 "엄마가 조금만 더 참아주면 되잖아." 하며 본 적도 없는 남의 편을 들었어요. 운전하다 누군가 끼어들어 엄마가 성을 내면, "그렇게까지 화낼 일이야?" 하고 타박하기도 했습니다. 그런 나 앞에서 엄마는 자존심 따위는 오래전에 버린 사람처럼 늘 내가 먼저였어요. 발을 동동 구르며, 마치 냇가에 내놓은 아이처럼 나를 걱정하고 아껴줬죠.

돌이켜보면, 엄마는 내 서툰 말에도 화를 오래 품지 않았습니다. 내가 예민하게 굴어도 금세 잊은 듯 다시 밥을 차려줬어요. 가족이라는 건, 그렇게 한없이 서운해하면서도 결국은 다시 곁으로 돌아오는 관계였던 거예요.

그리고 아빠. 아빠는 또 다른 모습으로 가족을 보여주는 사람이었습니다. 쉼이라는 걸 잘 모르는 사람이었죠. 20대부터 지금 60살까지, 태풍이 몰아쳐도, 일요일에도 늘 지게차를 몰며 일터로 나가셨습니다. 우리 가족에게 휴가란 곧 아빠 일터 근처에서 보내는 시간이었어요. 계곡에 가도 한 손에는 늘 휴대폰을 쥐고 있었고, 일 전화가 오면 물에 젖은 바지를 털고 곧장 현장으로 향하곤 했습니다.

그런 아빠의 첫 여권 개시는 짧은 2박 3일의 일본 여행이었어요. 사실 그것마저도 내가 일본에 있었기에, 평생 일터에서 벗어나본 적 없던 아빠가 용기를 내어 비로소 만들어낸 쉼이었죠. 아마 아빠 60년 인생에서 가장 긴 휴가가 그때였을 거예요.

지금 부모님은 부산에 살고, 나는 서울에 삽니다. 내가 엄마와 전화를 하고 있으면, 아빠는 꼭 그 소리를 듣고 방에서 뛰어나와요. 쿵쿵 발자국 소리가 들리다가 문득 이렇게 말하죠. "송이랑 전화해? 나도 바꿔줘!" 그럴 때마다 나는 웃음이 터지면서도 마음 한쪽이 묘하게 뭉클해져요. 평생 가장 멀리 있던 건 '쉼'이었는데, 지금은 이렇게 가까이 다가오는 게 '가족'이라는 게, 새삼스럽게 마음을 울리곤 합니다.

나는 아직도 엄마 앞에서 쉽게 예민해지고, 아빠의 끝없는 일에 속으로는 걱정을 쌓곤 합니다. 하지만 그 속에서도 서툰 사랑을 배우고 있어요. 엄마가 나를 통해 인내를 배웠듯, 아빠가 나를 통해 웃음을 배웠듯, 나도 부모님을 통해 사랑을 배우고 있는 거겠죠.

가족은 어쩌면 끝내 다 알 수 없는 사이인지도 몰라요. 서운함 속에서 애틋함이 움트고, 미안함 속에서 사랑이 자라납니다. 나는 오늘도 엄마와 부딪히고, 아빠와 웃고, 다시 미안해하며 살아가요. 그 반복 속에서 조금씩 배워가요.

사랑한다는 말을 굳이 꺼내지 않아도, 밥 냄새에 스며 있고, 젖은 바지를 털던 손길에 남아 있는 게 가족이니까요. 언젠가 내가 엄마가 되었을 때, 아빠처럼 쉼을 잊은 채 누군가를 지켜야 할 때, 지금의 이 순간들이 떠오르겠지요. 그리고 그때에서야 아주 늦게, 부모님의 마음을 조금은 이해하게 되겠지요.

관계
– 끊어질 관계에 한없이 관대해지는 마음

　일방적인 관계에 대해 경험해보신 적이 있으세요? 가까이는 가족부터 시작해, 친구, 연인, 직장 선후배까지 살면서 한 번쯤은 알게 모르게 겪어보셨을 거예요. 관계라는 게 참 묘해서, 한쪽이 애쓰는 만큼 균형이 잡히지 않을 때가 많죠. 안타깝게도 일방적인 관계에서는 갑과 을의 경계가 선명해지곤 해요.

　요즘은 직장 내에서도 수평적인 조직문화를 추구하는 곳들이 늘어났어요. '00님'이라는 호칭을 쓰거나, 대표와 직원 사이에서도 영어 이름을 사용하며 직급의 벽을 낮추려 하죠. 덕분에 예전보다 훨씬 자유롭게 의견을 내고, 말하기 힘든 부분도 친밀하게 나눌 수 있게 되었어요. 분명 큰 장점이에요. 그런데 수평적인 분위기가 항상 건강한 관계를 담보하지는 않더라고요.

같은 팀이라 믿고 상대의 일을 도왔는데, 정작 내가 도움이 필요할 땐 무심히 돌아서는 경우. 시간을 내어 배려했는데, 막상 그 배려가 돌아오지 않을 때. 그럴 땐 마음 한구석에서 묘한 씁쓸함이 스며들어요. 사람 마음이란 게, 아무 기대 없이 주는 게 가장 좋다는 걸 알면서도, 작은 반응 하나쯤은 바라게 되잖아요. 결국 그 어긋남이 실망이 되고, 그 실망이 쌓이면 관계의 틈이 벌어지는 것 같아요.

연인 관계도 비슷해요. 이별의 순간이 찾아오면 의외로 가장 후련해하는 쪽은 최선을 다했던 사람이에요. 다 쏟았기에 후회가 남지 않거든요. 어릴 땐 마음을 많이 내어주는 게 지는 것 같아 조심스러웠는데, 지금은 알게 되었어요. 아낌없이 준 사람은 쉽게 후회하지 않는다는 걸요. 후회는 오히려 마음을 아낀 사람이, 다 건네지 못한 사람이 하는 경우가 많더라고요.

친구 관계에서도 마찬가지였어요. 제가 먼저 연락하고 안부를 묻지 않으면, 아무 일도 없던 것처럼 시간이 흘러가는 관계들이 있잖아요. 잠깐은 '내가 너무 매달리나' 싶은 서운함이 올라왔다가도, 문득 이런 생각이 들었어요. 내가 손을 놓으면 끊어지는 관계라면, 그건 애초에 그만큼의 인연이었던 거라고요. 억지로 붙잡아야만 유지되는 관계는 결국 나를 갉아먹게 되더라고요.

　가족 안에서도 일방적인 관계는 존재했어요. 늘 이해해주고 배려해야 하는 쪽이 정해져 있는 듯한 순간들이 있었죠. 특히 가까운 관계일수록 더 무심하게 굴게 되고, 그 무심함을 참아내는 쪽은 늘 같았어요. 사랑이라는 이름으로 덮여 있지만, 마음 한쪽에서는 '왜 나만 참고 있어야 하지?' 하는 생각이 고개를 들곤 했죠. 가족이라는 이유로 묶여 있기 때문에 쉽게 끊어내지 못하는 관계들. 그래서 더 조심스럽고, 더 어렵게 다가왔던 것 같아요.

　호주에서 지내던 시절, 흔히 말하는 '닭장 쉐어'에 살았던 적도 있었어요. 한 방에 세 명, 한 집에 여섯 명이 함께 지내는 구조였죠. 다 같이 친하게 지내긴 했지만, 사람이라면 누구나 그렇듯 혼자만의 시간이 꼭 필요할 때가 있잖아요. 저는 그럴 때마다 아무 소리도 나오지 않는 에어팟을 귀에 꽂고 무언가를 하는 척을 하거나, 괜히 등을 돌리고 자는 척을 하곤 했어요. 저희 방은 침대마다 커튼조차 없어서, 어떻게 보면 늘 무방비 상태로 생활하는 거나 다름없었거든요. 내가 뭘 하고 있는지가 고스란히 노출되는 공간. 물론 그들도 마찬가지였지만, 그럼에도 저만의 작은 숨구멍은 필요했어요.

특히 기억나는 건 일본인 룸메이트와의 일화예요. 저는 새벽 여섯 시에 출근해 오후 세 시에 퇴근하는 카페 일을 했고, 룸메는 저녁 다섯 시부터 밤 열한 시까지 일식집에서 일했어요. 그러다 보니 제가 퇴근 후, 낮잠을 청하려는 시간이 그 친구에겐 막 출근을 준비하는 시간이었죠. 어느 날, 저는 잠깐의 휴식을 원해서 에어팟을 낀 채 눈을 감고 있었는데, 그 친구는 옷을 고르며 오늘은 뭘 입을지, 어떤 색이 나을지, 끊임없이 질문을 던져왔어요. 대화를 이어가려는 마음은 고마웠지만, 그 순간만큼은 제겐 작은 친절이 아니라 큰 부담이 되어버렸죠.

그 경험은 저에게 '관계에도 반드시 거리가 필요하다'는 사실을 다시 한번 가르쳐줬어요. 가까울수록, 또 오래 함께할수록, 상대의 호의조차 때로는 무게가 되어 다가올 수 있거든요. 저는 그때 처음으로, 관계라는 것도 결국은 선을 긋고 숨을 돌릴 수 있는 공간이 있어야 오래 갈 수 있다는 걸 깨달았어요.

이별 후에 뒤늦게 오는 연락들도 있어요. 늦은 밤, '뭐해?' 하고 묻는 짧은 메시지 속에는 미련과 후회의 그림자가 스며 있죠. 마치 마지막엔 좋은 사람으로 남고 싶다는 욕심처럼 느껴져요. 하지만 그 후회조차 결국은 그들의 몫이라는 걸 알았어요. 그걸 받아줄 이유도, 책임질 필요도 없더라고요.

지금은 조금 이해할 수 있어요. 끊어질 관계에 관대해지는 건, 더 이상 나를 소모하지 않겠다는 다짐이라는 걸요. 애쓰지 않아도 될 사람에게는 애쓰지 않고, 기대하지 않아도 되는 관계에는 기대하지 않는 것. 그렇게 내 마음을 가볍게 만드는 게 결국 나를 지키는 방법이에요.

그리고 동시에, 끝까지 함께할 관계는 더 정성스레 품을 수 있다는 뜻이기도 해요. 무너질 인연을 억지로 붙잡는 대신, 곁에 남아 주는 사람을 더 소중히 바라보게 되는 것. 관계의 결은 그렇게 갈라지고, 정리되고, 또 새롭게 다가오면서 우리 삶을 조금씩 단단하게 만들어가는 게 아닐까요.

과소비
- 웃음엔 흘려보내고, 나에겐 멈춰버린 정

 20대를 보내면서 명품 가방이나 쥬얼리에는 큰 흥미가 없었어요. 누가 봐도 예쁘고 고급스럽다는 건 알았지만, 정작 '갖고 싶다'라는 마음은 잘 생기지 않았거든요. 대신 제 우선순위는 언제나 다른 곳을 향했어요. 누군가에겐 그것이 삶의 낙이고 자신에게 주는 선물이 되겠지만, 제 마음은 조금 다른 자리에 머물러 있었던 거예요.

 저의 지갑을 가장 쉽게 열게 만든 건 따로 있었어요. 바로 술이었죠. 친구들과 만나 웃고 떠들며 마시는 술 한잔이 그렇게 좋았어요. 그 시간만큼은 가격표가 잘 보이지 않았거든요. 술은 결국 사라지고 마는 것이었지만, 그 순간의 분위기와 웃음은 오래 남았으니까요.

누군가는 좋은 옷에 돈을 쓰고, 또 누군가는 멋진 가방을 위해 저축을 하듯이 저는 그 시간과 그 자리에 돈을 쓰곤 했어요. 사람마다 스트레스를 풀고 행복을 확인하는 방식이 다르고, 결국 그 차이가 소비의 모양을 만들어내는 거겠지요.

기억에 남는 순간이 있어요. 매일 쓰던 섀도우가 어느 날 가방 속에서 산산이 부서져 있던 적이 있었어요. 꼭 필요한 물건이었고, 늘 같은 색만 고집했는데, 막상 깨진 걸 보면서도 '아직은 쓸 수 있잖아' 하며 끝까지 다 쓰곤 했어요. 뚜껑을 열 때마다 가루가 흩날리고 손가락에 번져도 이상하게 새로 사는 게 아까워 망설였어요. 불과 2만 원도 채 안 되는 가격이었는데 말이에요.

그런 제가 술자리에만 가면, 10만 원 넘게 쓰는 일도 대수롭지 않게 여기곤 했어요. 메뉴판을 볼 때도 가격보다는 "이거 맛있겠다"라는 말이 먼저 나왔고, 그러다 보면 웃음소리와 잔 부딪히는 소리에 지출은 금세 사라졌어요.

돌이켜보면 참 아이러니해요. 매일 쓰는 화장품이나 꼭 필요한 물건 앞에서는 끝없이 주저하면서도, 술 앞에서는 무의식처럼 지갑을 열곤 했으니까요. 누군가는 자신을 위해 예쁜 옷을 사고 좋은 가방을 들며 '투자'라고 말하지만, 저는 왜 그 '투자'라는 단어를 정작 제 자신에게는 붙이지 못했을까. 그런 의문이 꼬리처럼 따라다녔어요.

그러다 문득 '팔은 안으로 굽는다'는 속담이 떠오르곤 했어요. 원래는 가족이나 친한 사람에게 정이 간다는 뜻이지만, 저는 그 말이 꼭 사람에게만 해당되는 건 아니라고 생각했어요. 어쩌면 그것은 '내가 정을 쏟는 대상이 무엇인가'라는 질문 같았죠. 제 마음은 언제나 '나 자신'보다는 '사람들과의 관계'로 기울어 있었어요. 그래서 정작 나에게 직접 쓰는 돈은 유난히 아깝게만 여겨졌던 것 같아요.

지금은 시선이 조금 달라졌어요. 내가 진짜 좋아하는 것, 꼭 필요한 것이라면 더 이상 미루지 않고 스스로에게도 선물할 수 있어야 한다는 걸 배워가고 있어요. 지출을 줄이는 것보다, 의미 있는 곳에 제대로 쓰는 소비 습관이 훨씬 건강하다는 것도 알게 되었고요.

이제는 술보다 나 자신에게 쓰는 돈이 조금 더 자연스러운 날이 많아졌으면 해요. 그래야 비로소 나와의 관계도 가까워질 테니까요. 그리고 언젠가, 누군가와 웃으며 마셨던 술자리의 기억 못지않게, 나에게 건넨 작은 선물들이 내 삶을 지탱해준 다정한 증거로 남기를 바라요. 그 흔적들이 쌓이고 쌓여, 결

국 내가 어떤 사람으로 살아왔는지를 말해줄 또 하나의 언어
가 되어줄 테니까요.

건강
- 평범함 속에 숨어 있는 기적

"제발 너는 네 몸을 좀 생각해."

나를 정말 좋아하고 아껴주는 사람들이 입버릇처럼 하던 말이에요. 그 말이 진심이라는 걸 알면서도, 그동안은 늘 웃으며 흘려들었죠. 왜냐하면 저는 술도 좋고, 친구들과 어울리는 시간도 너무 좋았거든요. 그 두 가지를 포기하는 삶은 저 스스로가 '나답지 않다'고 느껴질 정도였으니까요.

사실 제 주변 사람들은 대부분 술을 즐기는 타입은 아니었어요. 남자친구들도, 가족도요. 어릴 적, 엄마가 소주 반 잔만 마셔도 얼굴이 붉게 달아오르고 머리를 싸쥐며 힘들어하던 모습이 아직도 기억나요. 그 장면을 본 뒤로 '아, 우리 가족은 술과는 거리가 먼 사람들이구나' 하고 무의식적으로 생각하곤 했죠.

대학교 때 만난 친구 중 한 명은 명절마다 가족이 모이면 술한 짝씩을 들고 가는 게 전통이라는 이야기를 들은 적이 있어요. 그 집은 밤새도록 마시고, 아침에는 해장술로 하루를 시작한다고 했죠. 요리는 안주를 위한 수단일 뿐이라고도 했어요. 그 이야기를 들었을 땐 신선한 충격이었지만, 한편으론 부럽기도 했어요. 가족끼리 그렇게 유쾌하게 어울릴 수 있다니. 어린 마음에 괜히 술에 대한 '술부심' 같은 게 생겨서, 사랑니를 뽑고도 "소주로 소독하면 되지~" 하며 마셨고, 몸이 으슬으슬 아파도 "한 잔 하면 괜찮아질 거야"라며 웃어넘겼죠. 하혈을 해도, 속이 뒤틀려도, 몸이 보내는 신호를 애써 못 본 척하며 계속 저를 혹사시켰어요.

그렇게 몇 년을 보내다 보니, 어느 날부터 이상한 신호들이 하나둘씩 찾아오기 시작했어요. 속이 자주 더부룩하고, 입맛은 없는데도 괜히 자극적인 것만 당기고, 밤에 누우면 잠이 오지 않았어요. 간신히 잠들어도 피로가 풀리지 않는 날들이 이어졌고, 평소 같으면 웃어넘길 일에도 이유 없이 예민해졌어요. 그제야 '아, 내가 좀 이상하구나' 싶었고, 결국 병원을 찾게 됐어요.

정밀검사까지 이어졌을 때, 그동안 외면해왔던 불안이 한꺼번에 올라왔어요. '내 몸 안에서 지금 무슨 일이 일어나고 있는 걸까, 왜 나는 이렇게 자주 아플까.' 결과를 기다리는 내내 심장이 쿵쿵 뛰던 기억이 아직도 생생해요.

그리고 드러난 결과는 제 예상보다 무겁게 다가왔어요. 이름만 들어도 중요한 기관들에서 크고 작은 이상 신호들이 발견된 거예요. 다행히 치명적인 상태는 아니었지만, 의사 선생님은 말씀하셨어요. "지금처럼 살면 언젠가는 큰 문제로 돌아올 수 있습니다." 그 말은 단순한 경고가 아니라, 오래전부터 제 몸이 보냈던 신호를 다시 확인시켜주는 말 같았어요.

그 순간, 한동안 잊고 있던 제 몸의 존재가 확 와닿았어요. 마치 오래 기다렸다는 듯, "이제 나 좀 돌봐줄래?" 하고 말을 거는 느낌이었달까요. 건강은 있을 땐 너무 당연하게 느껴져서, 그 가치를 자주 잊고 살아요. 그런데 어느 날 문득 사라지려 할 때, 비로소 그것이 얼마나 귀한 것이었는지 알게 되죠.

몸은 늘 거짓말을 못 하더라고요. 조금만 무리해도 바로 티를 내고, 제멋대로 굴면 언젠가는 꼭 대가를 치르게 해요. 예전엔 그런 경고를 무시하며 살았지만, 이제는 분명히 느껴요. 몸이 아프면 아무것도 할 수 없다는 걸. 그 어떤 멋진 계획도, 좋아하는 사람들과의 시간도 건강이 바탕이 되어야만 가능하다는 사실을요.

그래서 요즘은 가끔 혼잣말처럼 이렇게 말해요.

"오늘 하루도 무사히 지나가줘서 고마워. 숨 쉴 수 있고, 걸을 수 있고, 밥을 맛있게 먹을 수 있어서 다행이야."

한때는 '삶을 즐긴다'는 게 곧 '무리하며 달리는 것'이라고 착각했지만, 지금은 조금 달라졌어요. 진짜 잘 사는 건, 내 몸과 나 사이의 대화를 귀 기울여 듣는 거라는 걸 알게 되었거든요. 피곤하면 조금 일찍 자고, 과음한 다음 날이면 일부러 술자리를 피하기도 해요. 큰 변화는 아니지만, 이런 작은 선택들이 쌓이면 언젠가는 저를 더 나은 방향으로 데려가 줄 거라 믿어요.

건강은 거창한 것이 아니더라고요. 그저 숨 쉬고, 걷고, 웃으며 하루를 마무리할 수 있는 일상. 그 평범함 속에야말로 가장 큰 기적이 숨어 있다는 걸, 이제는 마음 깊이 느껴요.

경계
- 경계 너머의 또 다른 삶

 호주에서의 1년을 마무리하고 곧장 한 달간의 배낭여행을 떠났어요. 독일을 시작으로 알바니아, 마케도니아, 터키, 이집트까지 다섯 개 나라, 아홉 개 도시를 거치는 대륙을 건너는 여정이었죠. 유럽에서 중동, 그리고 북아프리카로 이어지는 길은 지도 위에서는 단순한 선 하나로 보였지만, 막상 그 선을 넘어 부딪히며 살아내는 경험은 결코 단순하지 않았어요. 국경을 통과할 때마다 공기는 달라졌고, 삶의 결은 선명하게 갈라졌으니까요.

 첫 여행지는 독일 베를린이었어요. 낯선 도시였지만, 생각보다 금세 마음을 내려놓을 수 있었던 건 어느 주말, 플리마켓에서 느낀 특별한 공기 때문이었어요. 사람들은 저마다의 속도로 걸으며 물건을 고르고, 음악이 흐르고, 햇살이 스며드는 시장 안에서 나는 나도 모르게 그 분위기에 섞여 있었죠. 그들만이 줄 수 있는 여유와 편안함이 마음 깊이 와닿았어요. 물론 물가는 사악할 만큼 비쌌지만, 그럼에도 불구하고 '다시 오고 싶다'는 생각이 절로 드는 도시가 되었어요. 경제적 부담을 떠나 마음이 느끼는 안도감이 분명 존재한다는 걸 베를린에서 처음 실감했거든요.

  그런데 국경을 넘어 알바니아 티라나에 도착했을 때, 나는 또 다른 현실과 마주했어요. 사실 여행을 떠나기 전까지 알바니아라는 나라에 대해 아는 것이 거의 없었어요. 평생 몰랐을 수도 있던 곳이었죠. 북마케도니아로 가는 길에 잠시 머물 수 있다는 점, 그리고 저렴한 물가가 마음을 끌어 선택하게 된 거였는데, 첫인상은 확실히 '경제적 여유'였어요. 하루를 살아내는 비용이 줄어든다는 사실만으로도 숨통이 트이는 듯했으니까요.

  하지만 그 편안함은 오래가지 않았어요. 거리를 걷다 보면 아이들이 다가와 돈을 달라며 손을 내밀었고, 내가 거부하면 "fuck you!", "칭챙총"을 외치며 따라오기도 했어요. 처음엔 당황스러웠고, 시간이 지날수록 마음 한쪽이 무거워졌어요. 물가는 분명 저렴했지만, 그것만으로는 결코 편안하다고 말할 수 없다는 걸 그때 알았어요. 지갑은 가벼워졌지만, 대신 마음은 더 무겁게 눌러오는 경험이었으니까요.

이집트에 도착했을 때는 그 무게가 한층 더 짙어졌어요. 여행객들을 따라다니며 돈을 구걸하는 이들이 있었고, 한쪽 눈이 함몰된 채, 위태롭게 거리를 헤매던 여성의 모습도 마주했어요. 식당에서 밥을 다 먹고 잠시 쉬고 있을 때, 남은 음식을 자신이 가져가 먹어도 되겠냐고 묻는 사람도 있었지요. 그 순간, 먹는 일조차 누군가에게는 절실한 생존의 문제라는 사실이 공기처럼 스며와 피부로 와닿았어요.

고양이들의 모습에서도 그 차이는 분명했어요. 독일과 터키의 길고양이들은 잘 먹어서 털이 윤기가 흐르고, 사람들의 손길에도 경계심이 없었어요. 도시의 한 부분처럼 당당하게 거리를 거닐었죠. 하지만 이집트의 고양이들은 앙상했고, 눈빛에는 피로와 경계가 서려 있었어요. 그 모습은 그 나라 사람들이 살아내는 현실을 고스란히 비추는 거울 같았어요.

그때부터였던 것 같아요. 내가 진정으로 '편안하다'는 감각을 느낀 건 언제였을까, 스스로에게 자꾸 물어보게 된 건. 베를린의 비싼 물가 속에서도 다시 오고 싶다고 느꼈던 이유는 단순한 환경 때문이 아니었어요. 그곳에서만 느낄 수 있었던 안도감 때문이었죠. 반대로 알바니아와 이집트에서의 무거움은 단순히 경제적 조건이 아니라, 삶의 무게가 온몸으로 다가왔기 때문이었어요.

경계란 단순히 지도를 가르는 선이 아니었어요. 한쪽에서는 풍요와 여유를 누리며 살아가고, 다른 쪽에서는 결핍과 절실함 속에서 하루를 버티며 살아가는, 삶의 온도를 나누는 선이었죠. 내가 느낀 편안함과 불편함, 여유와 긴장은 결국 그 경계 너머에서 더 분명히 드러났던 것이었어요.

경계를 넘는다는 건, 결국 내 안에 그어져 있던 또 다른 경계를 새롭게 발견하고 지워나가는 일이기도 했어요. 그 여정은 아직 끝나지 않았고, 아마 앞으로도 수없이 많은 경계 앞에 서게 될 거예요. 하지만 그 선을 넘어설 때마다, 나는 조금 더 단단해지고, 조금 더 넓어질 거라 믿어요.

그리고 언젠가, 세계 곳곳의 경계를 지나온 발걸음들이 내 안에 겹겹이 쌓였을 때, 그건 결국 내가 어떤 삶을 살아왔는지를 보여주는 가장 깊은 흔적이 되어 있을 거예요.

결핍
- 결핍은 나를 흔들고, 또 자라게 한다

　20대 초반부터 후반까지, 연애를 아예 안 했던 건 아니었어요. 짧게는 몇 달, 길게는 몇 년을 함께한 사람도 있었고, 나름대로 진심을 다했다고 믿었던 관계들도 있었죠. 그런데 '제대로 된 연애를 몇 번이나 했냐'는 질문 앞에 서면, 저는 잠시 머뭇거리다 고작 한 번 정도라고 답할 것 같아요. 횟수나 길이와는 별개로, 제 안에 단단히 남겨진 관계는 손에 꼽혔으니까요.

　사귀는 동안에는 몰랐는데, 시간이 지나고 나서야 깨닫게 되는 게 있더라고요. 그때는 단순히 예민한 성격이려니 했던 말과 행동들이, 사실은 깊은 결핍에서 비롯된 것이었음을요. 연락이 조금만 늦어도 불안해하고, 사소한 상황에도 의심을 거두지 못했던 모습들. "지금 뭐 해?", "어디야?", "왜 답이 늦어?"

라는 질문에는 단순한 호기심이 아니라 '혹시 나를 떠나지 않을까' 하는 두려움이 숨어 있었어요. 사랑이라 믿었던 감정이 지나고 보니 불안으로 자라난 집착이었고, 그 뿌리엔 결핍이 있었음을 그제야 알게 되었어요.

결핍은 연애에서만 머무르지 않았어요. 물질에서도, 또 가족 안에서도 얼굴을 드러냈지요. 옷장이 이미 꽉 차 있는데도, 쇼핑몰을 스크롤하다 보면 '이 옷만 있으면 괜찮아질 것 같아'라는 생각이 들곤 했어요. 사실 필요한 건 옷이 아니라, 새로운 걸 손에 넣는 순간의 짧은 만족감이 허전함을 가려줄 거라 믿는 마음이었죠. 하지만 그 만족은 금세 사라지고, 또 다른 물건을 찾게 만들었어요. 결국 옷만 늘어날 뿐, 마음속 빈자리는 그대로였죠.

가정에서도 비슷했어요. 부모님을 사랑하고 존경했지만, 동시에 마음 한구석에는 늘 "조금 더 이렇게 해주셨다면 어땠을까" 하는 바람이 있었어요. 완벽할 수 없는 부모님을 두고도, 제 마음속 기대와 현실의 간극이 결핍으로 다가왔던 거예요. 이상적인 부모상을 내려놓지 못한 채, 그 부족함을 더 크게 느끼곤 했죠.

이렇게 결핍은 연애에서도, 물질에서도, 가족 안에서도 각기

다른 얼굴로 찾아왔어요. 때로는 집착을 낳고, 때로는 끝없는 소비를 부추기고, 때로는 가까운 관계에 불만을 남기기도 했죠. 하지만 결핍은 내가 무엇을 원하는지를 가장 솔직하게 보여주는 신호이기도 했어요. 어떤 사랑을 바라는지, 무엇에 위로받고 싶은지, 어떤 삶을 꿈꾸는지를 드러내는 가장 투명한 거울이었으니까요.

그래서 이제는 결핍을 부끄럽게 여기지 않으려 해요. 결핍은 나를 갉아먹는 사슬일 수도 있지만, 나를 더 깊이 들여다보게 만드는 기회일 수 있으니까요. 아직 채워지지 않은 빈자리가 있다는 건, 여전히 누군가를 사랑하고 싶고, 새로운 무언가를 꿈꿀 수 있다는 증거이기도 하니까요.

결핍은 살아 있다는 또 다른 증거예요. 흔들리게도 하지만, 동시에 앞으로 나아가게 만드는 가장 인간적인 동력. 그러니 나는 오늘도 이 결핍을 품은 채, 흔들리며 살아가려 해요. 그 흔들림 속에서 조금 더 단단해지고, 조금 더 자라나기를 바라면서요.

고민
- 남몰래 짊어진 무게들

살다 보면 고민 없이 살아가는 사람은 없었어요. 겉으로 보기에는 아무 걱정 없어 보이는 사람도, 사실은 저마다의 무게를 지고 살아가곤 했어요. 속 편해 보이는 부잣집 딸도, 자유롭게 사는 것 같아 보이는 누군가도, 속내를 들여다보면 저마다 풀리지 않는 숙제를 안고 있더라구요. 그래서 겉모습만 보고 판단하는 일이 조금은 줄어들면 좋겠다고 생각하곤 했어요.

커뮤니티, 사주 카페, 심지어 결혼정보회사 게시판까지 어느 곳을 가도 "~해서 고민입니다"라는 제목의 글이 가득 올라오곤 했어요. "우리 아이가 너무 키가 작은 것 같아요.", "저는 살이 너무 쪄서 걱정이에요.", "서른이 넘었는데 왜 아직 결혼을 못했을까요." 저마다 사소해 보일 수도 있고, 때로는 절실해 보일 수도 있는 사연들이었어요. 남들에게는 대수롭지 않아 보여도, 본인에게는 세상을 흔드는 일일지도 모르죠.

그 글들을 읽으며 문득 깨닫곤 했어요. 사람마다 고민의 크기는 다 다르다는 걸요. 같은 문제도 어떤 사람에게는 대수롭지 않은 일일 수 있지만, 누군가에게는 하루 종일 마음을 짓누르는 일이 되기도 하잖아요. 그래서 "그 정도 가지고 뭘 고민해?"라는 말은 얼마나 무심한 말인지 새삼 알게 되었어요.

저 역시 늘 고민 속에서 살아왔어요. 학창 시절에는 성적이, 사회에 나와서는 직업과 인간관계가, 조금 더 커서는 미래와 돈이 고민이었어요. 지금 돌이켜보면 그때 그렇게 잠 못 이루게 했던 고민들이 다 지나가 버렸는데, 그 순간에는 정말 벅차고 무거운 짐처럼 느껴졌어요.

사람들은 저마다의 속도를 가지고 살아가요. 그런데 우리는 자주 타인의 걸음에 맞추려다 지쳐버리곤 하죠. 누구는 앞서 달리고, 누구는 천천히 걷는 그 틈에서 "나는 왜 늦을까", "나는 왜 더 못할까" 하며 스스로를 다그쳤어요. 그러다 보면 금세 넘어지고, 흙 묻은 채 땀에 젖어 결국 쓰러지기도 했어요.

하지만 시간이 조금씩 지나면서 알게 되었어요. 고민은 사라지지 않는다는 걸요. 오히려 삶이 이어지는 한 새로운 고민은 계속 찾아오곤 했어요. 중요한 건 그 고민을 어떻게 마주하느냐였어요. 타인의 속도에 휘둘리며 안달하다 보면 금방 지쳐 버렸지만, 내 속도를 지키며 걸으면 한결 마음이 편해졌어요.

그래서 요즘은 고민이 생기면 이렇게 말하곤 해요. "괜찮아, 나만의 속도가 있으니까." 누군가와 비교하지 않고, 남의 잣대로 흔들리지 않고, 지금 내 앞의 걸음을 조금씩 내딛는 것. 그게 고민을 버티는 가장 단순하면서도 확실한 방법이었어요.

모든 고민이 당장 풀리진 않았지만, 결국에는 시간이 답을 내놓곤 했어요. 그 답이 마음에 들지 않더라도, 또 다른 길로 발걸음을 이끌어주었지요. 그래서 이제는 고민이 찾아와도 예전처럼 겁먹지 않으려고 해요. 어쩌면 고민은 나를 더 단단하게 만들어주는 또 하나의 과정일지도 모르니까요.

오늘도 나는 고민을 안고 살아가요. 하지만 이제는 예전처럼 무겁게만 느껴지지 않아요. 내 속도를 지켜내며 걸어가다 보면, 언젠가 이 고민도 계절처럼 스쳐 지나가겠지요. 그날이 오면, 나는 이 시간을 어떻게 기억하게 될까요? 아마도, 아직도 답을 찾아가는 중일 거예요. 그리고 그 과정 자체가, 어쩌면 우리가 살아가는 방식 아닐까요.

공감
– 이해가 아니라 곁에 머무는 용기

요즘엔 소개팅에서 자기 이름보다 MBTI를 먼저 말하는 세상이 되어버렸어요. 네 글자 안에 나를 설명하려는 시도가 이제는 일상처럼 굳어져버린 것 같아요. MBTI가 성격을 전부 말해주는 건 아니지만, 사람들은 그 안에서 자기 모습을 설명하려고 애쓰곤 했어요. 심지어 면접 질문에서도 MBTI를 물어보는 걸 보고, 이제는 정말 시대가 바뀌었구나 싶었어요. 예전에는 혈액형을 물으면 옛날 사람 같다고 했었는데, 요즘은 공감을 잘 못하면 "너 T발 C야?" 하는 말이 농담처럼 오가곤 하더라구요. 상대의 감정을 잘 헤아리지 못하면 그 성향을 그대로 MBTI 탓으로 돌려버리기도 해요.

스스로 T부심을 가진 사람들도 있었어요. 사실보다 감정을 우선하지 않겠다며 냉정함을 능력처럼 내세우곤 했지요. 그런 모습을 보면서 어느 정도는 이해가 되기도 했지만, 누군가의 아픔 앞에서조차 "그건 네가 잘못한 거야"라는 말부터 꺼내는 걸 보면 그건 단순히 성향이 아니라, 배려의 부족처럼 느껴지 곤 했어요.

공감이라는 건 성향으로만 설명되지 않는다는 걸 조금씩 알 게 되었어요. 누군가의 마음을 듣고자 하는 태도, 가볍게 툭 던 진 말 너머의 온도를 읽으려는 애씀에서 비롯된다는 걸 깨달 아가곤 해요. 하지만 공감을 잘한다고 해서 꼭 좋은 사람일까, 하는 생각도 들어요. 언제나 고개를 끄덕이며 맞장구를 쳐주 고, 모든 이야기에 감정적으로 반응하는 사람을 보면 정말 다 이해해서 그러는 걸까, 아니면 그저 좋은 사람으로 보이고 싶 어서 애쓰는 건 아닐까 하는 의심이 들 때도 있었거든요.

때로는 제 감정을 억누르고 공감을 해야 하는 순간도 있었어 요. 사실은 제 마음이 지쳐 있었는데, 그 순간만큼은 상대의 이 야기를 들어주고 다독여주는 쪽을 선택해야 했던 거예요. 그 런 선택이 반복되다 보면 '공감해줘야 한다'는 압박에 스스로 가 무너지는 기분이 들곤 했어요. 그래서 진짜 좋은 사람은 누 구일까, 무조건 공감을 잘하는 사람일까, 아니면 자기 감정을 건강하게 드러내며 솔직하게 대화할 줄 아는 사람일까 하는 고민을 하곤 했어요.

가끔은 누군가의 이야기에 공감하지 못할 때도 있었어요. 속으로는 "그건 네가 너무 예민하게 받아들인 거 아닐까?", "그럴 수도 있지, 그냥 넘어가면 안 될까?" 하며 생각하면서도, 입 밖으로는 "아, 진짜 힘들었겠다"라고 말하곤 했어요. 그 순간의 제 모습이 거짓처럼 느껴지기도 했고, 누군가에게 좋은 사람으로 보이고 싶어서 애쓰는 것 같아 괜히 씁쓸해지곤 했어요. 공감이라는 건 결국 나를 어느 정도 감추는 일과도 맞닿아 있었던 거예요.

내가 느끼는 진심과 보여지는 태도 사이의 거리가 점점 커질 때면, 나는 공감을 하고 있는 게 아니라 '역할'을 하고 있는 게 아닐까 싶었어요. 그럴 때마다 이런 생각이 들곤 했죠. 공감은 무조건 다 해줘야 하는 게 아닐지도 모른다고요. 가끔은 "나는 그건 잘 모르겠어"라고 솔직하게 말하는 것도 용기일 수 있다고요. 상대의 감정에 휩쓸리지 않으면서 내 마음을 지키는 일, 그것 역시 공감의 또 다른 모습일 수 있다는 걸 조금씩 알아갔어요.

공감은 모든 상황에 고개를 끄덕이는 일이 아니었어요. 정말 필요할 때, 그 사람 곁에 조용히 머물러주는 일이었어요. 말보다 태도에서 묻어나는 조용한 애정, 그게 공감이 아닐까 싶었어요.

그래서 요즘은 이렇게 생각해요. 나는 아직도 공감을 배워가는 중이라고요. 내 마음을 잃지 않으면서도, 다른 이의 아픔을 온전히 마주할 수 있는 그날까지. 그 과정이 때로는 버겁고 외롭더라도, 그래도 조금씩 걸어가고 싶어요.

그리고 언젠가 누군가의 곁에서, 조용히 함께 머물러주는 그 순간. 말 한마디 없이도 전해지는 온기가 있다면, 그 순간 이미 우리는 서로를 가장 깊이 이해하고 있는 게 아닐까요.

긍정
- 긍정이라는 선택

　하루는 서울에 계신 이모가 부산으로 내려오셨어요. 반년 만의 만남이었고, 엄마와 이모, 그리고 저까지 셋이 모이게 되면서 우연히 여자들만의 소소한 모임이 되었지요. 따로 정해진 계획도 없었고, '뭘 하지?' 하는 고민만 잠시 스쳐갔어요. 그런데 이상하게도 그런 모임이 오히려 더 특별하게 느껴졌어요. 꼭 무언가를 하지 않아도, 같이 있는 것만으로 충분히 좋은 날이 있잖아요.

　그날, 제가 무심코 던진 한마디가 분위기를 바꿔놓았어요.

　"우리 이렇게 셋이서 여행하는 건 처음 아냐? 오늘은 걸스데이로 하자!"

그 말을 듣고 엄마와 이모의 표정이 환해졌지요. 엄마의 얼굴에 파운데이션을 살짝 얹자, 거울 속 웃음이 한층 환해졌고, 이모도 덩달아 즐거워하셨어요. 아주 작은 변화였는데도 마음은 훨씬 가벼워졌지요.

점심을 먹으러 가기 위해 차에 올랐을 때, 중요한 사실 하나가 떠올랐어요. 엄마, 이모, 그리고 저까지 모두 장롱면허였던 거예요. 그나마 운전이 조금은 익숙한 엄마가 조심스레 운전대를 잡으셨고, 우리는 주말 도로로 나섰어요. 부산의 길은 익숙했지만, 평소 잘 다니지 않던 동네라 그런지 모두가 조금은 긴장했지요.

주말 도로는 예상보다 훨씬 복잡했어요. 여기저기서 울려대는 클락션 소리에 금세 마음이 예민해졌지요. 그러던 중, 갑자기 한 차량이 무리하게 끼어들었어요. 브레이크가 바닥까지 닿으며 차가 멈췄고, 차 안 공기는 단숨에 얼어붙었지요. 저도 모르게 험한 말을 중얼거렸어요. '왜 저렇게 운전하지?' '위험하게 끼어드는 건 정말 무례한 일인데…' 그렇게 화가 치밀어 오르던 찰나, 조수석에 있던 이모가 부드럽게 말을 꺼내셨어요.

"저 차에는 분명 양수가 터진 임산부가 타고 있을지도 몰라. 그래서 저렇게 급하게 가는 걸 수도 있잖아. 우리가 조금만 더 여유를 가지면 좋겠어. 조금 더 빨리 간다고 세상이 크게 달라지는 것도 아니니까."

순간 당황스러웠지만, 곧 마음이 뭉클해졌어요. 단 한 문장으로 우리의 감정을 누그러뜨린 이모의 사고방식은 단순한 착한 말이 아니었어요. 타인을 향한 상상력, 그리고 그로 인해 자신이 지킬 수 있는 평온함에 대한 태도였지요.

그날 이후로 웬만한 끼어들기나 예의 없는 행동을 마주할 때면, 저는 이모의 말을 떠올리곤 했어요. '혹시 정말 급한 일이 있는 걸지도 몰라.' '나보다 더 힘든 하루를 보내고 있을 수도 있겠지.' 그렇게 생각하다 보면, 신기하게도 마음이 한결 가벼워지곤 했어요. 감정은 우리가 통제할 수 없는 영역이라고만 생각했는데, 받아들이는 방식이 달라지면 꽤 많은 게 달라질 수 있다는 걸 알게 되었어요.

세상을 살아가다 보면 참 많은 사람을 만나게 되지요. 그때마다 어떤 시선으로, 어떤 해석으로 받아들일지는 결국 나의 선택이었어요. 누구나 화내고 속상할 수 있지만, 그 감정을 흘려보내는 방법을 아는 건 하나의 인생 기술 같았어요. 싸워서 바꿀 수 없는 상황이라면, 나를 지키는 방식으로 마음을 관리하는 게 더 현명한 지혜일지도 몰라요.

어쩌면 '긍정'이라는 건 현실을 무시한 낙관이 아니었어요. 내 마음이 상하지 않도록 스스로를 다독이는 선택에 가까웠어요. 현실이 늘 좋지만은 않지만, 그 안에서 내가 선택할 수 있는 태도는 분명 존재했지요. 그리고 그 태도는 의외로 작은 한 문장에서 비롯되곤 했어요. 이모의 말처럼요.

지금 이 순간에도, 내 앞을 무리하게 끼어든 차처럼 내 일상을 흔드는 무례한 상황이 있을 거예요. 하지만 그 순간 내가 할 수 있는 가장 단단한 선택은 내가 무너지지 않도록 나를 붙드는 일이 아닐까요?

사소한 일에도 감정이 요동치지만, 나는 그 안에서 나를 다스리는 법을 배워가고 있어요. 그리고 언젠가 나도 누군가의 하루를 부드럽게 감싸줄 수 있는 사람이 되었으면 해요. 어쩌면 우리가 살아가는 방식은 결국 그런 선택의 반복일지도 몰라요. 그래서 오늘도 긍정을 선택하는 나를 믿어보기로 해요.

그리움

- 그리워 말고, 추억으로

사람에 대한 그리움, 고향에 대한 그리움, 애정하던 물건에 대한 그리움. 그리움이라는 감정은 참으로 넓고 다양한 얼굴을 하고 있어요. 그런데 요즘 내가 가장 자주 마주하는 건 외할머니에 대한 그리움이에요.

나는 외할머니, 외할아버지, 친할머니, 친할아버지 모두 지금은 곁에 안 계세요. 사실 다른 조부모님들과는 함께한 기억이 거의 없어요. 어린 마음에 또렷하게 각인된 건 외할머니와의 추억뿐이었죠. 큰일이 있을 때나 맛있는 음식을 먹으러 갈 때면 항상 곁에 계셨고, 늘 웃음을 머금은 얼굴이 내 기억 속에 남아 있어요. 하지만 어느 순간부터는 연로해진 모습이 눈에 보였고, 병세도 점점 깊어져 갔어요.

그 즈음 나는 일본에서 일을 시작해 살고 있었어요. 평소라면 하루에도 몇 번씩 울리던 가족 단톡방이 며칠째 조용했는데, 그땐 대수롭지 않게 넘겼어요. 하지만 왠지 모르게 불안한 기운이 스쳐서 언니에게 전화를 걸었죠. 돌아온 대답은 충격적이었어요.

"장례식장이야."

누구 장례식장이냐는 내 물음에, 외할머니라는 대답이 이어졌어요. 순간 머리가 하얘졌어요.

왜 아무도 말해주지 않았을까. 가족들은 "괜히 일본에서 급히 비행기 타고 오면 네가 더 힘들어질까 봐" 말하지 않았다고 했어요. 겉으로는 배려였겠지만, 그 순간 내겐 큰 상처로 남았어요. 죽음이라는 가장 큰 사건이 내 곁에 이렇게 가까이 왔는데, 정작 나는 그 사실조차 제때 알지 못한 채 놓쳐버린 거니까요. '너가 걱정할까 봐'라는 친절이었지만, 사실 나는 그 친절이 필요 없었어요. 차라리 아프고 슬프더라도 함께 애도할 기회를 원했으니까요. 그래서 아직까지 외할머니에 대한 그리움은 채워지지 못한 빈자리처럼 남아 있어요.

가끔 길에서 비슷한 또래의 할머니들을 마주칠 때가 있어요.

손등의 주름, 느릿한 발걸음, 잔잔한 미소가 낯설지 않게 다가오면, 왠지 모르게 가슴이 뭉클해져요. 그럴 때마다 속으로 중얼거려요.

"아, 할머니가 계셨다면 이런 모습이었을까."

호주에 있을 때도 비슷한 순간이 있었어요. 손을 꼭 잡고 걸어가는 노부부들을 볼 때마다 미소가 났거든요. 오랜 세월이 묻어나는 몸짓, 작은 불편까지도 서로 배려하는 모습은 그들에게는 너무나 자연스러운 일상이었어요. 지금 이 글을 쓰는 순간에도 카페 건너편에는 노부부 한 쌍이 앉아 있어요. 다정한 눈빛으로 마주 보는 그들의 모습은, 내 기억 속 할머니의 웃음과 자꾸 겹쳐 보이곤 해요.

경상도에서 자라온 나에게, 부모님은 다정한 표현과는 거리가 있었어요. 그래서였을까요. 할머니의 웃음, 노부부의 손길이 내겐 더 크게 다가왔던 것 같아요. 그리움은 늘 나를 울리고 마음을 저미지만, 동시에 내가 닮고 싶은 다정함의 얼굴이기도 했어요.

어느 날 우연히 플레이리스트에서 이런 제목을 본 적이 있어요.

"그리워 말고, 추억으로 남겨둬."

그 문장이 오랫동안 귓가에 맴돌았어요. 그리움은 사라지지 않아요. 다만 시간이 흐른 뒤, 상처가 아문 자리에 추억이라는 이름으로 남는 게 아닐까요.

나는 아직 외할머니를 떠올리면 마음이 시리지만, 언젠가는 이 그리움도 따뜻한 추억으로 남겨둘 수 있기를 바라요. 그것이야말로 그리움이 가진 또 다른 선물일지도 모르니까요.

날씨
- 가장 사랑하는 합법적 마약

날씨는 참 신기한 존재였어요. 그냥 하늘의 상태일 뿐인데, 사람의 하루를 흔들고, 감정을 좌우하고, 심지어 선택까지 바꿔놓기도 했으니까요. 네이버 검색창에 'ㄴ'만 쳐도 제일 먼저 '날씨'가 뜨는 걸 보면, 다들 어느 정도는 날씨라는 마약에 취해 살아가고 있는 게 아닐까 싶었어요. 그래서 저는 종종 날씨를 '합법적인 마약'이라고 부르곤 했죠. 기분이 날씨 하나에 따라 들쭉날쭉하는 모습이 묘하면서도 솔직하게 느껴졌거든요.

날씨가 좋은 날이면 괜히 콧노래가 흘러나왔어요. 커피 한 잔을 들고 산책이라도 나가고 싶었지요. 반대로 흐린 날엔 마음까지 눅눅해져서, 아무것도 하기 싫을 때가 많았어요. 누구는 날씨가 좋아서 하루가 빛난다고 말하고, 또 누구는 날씨가 흐려서 하루 종일 우울했다고 하잖아요. 그렇다면 '좋은 날씨'와 '나쁜 날씨'의 기준은 대체 누가 정하는 걸까, 늘 궁금했어요. 사전 속 정의는 그저 '특정 시간과 장소에서 나타나는 기상 상태'일 뿐이지만, 우리 마음속의 날씨는 훨씬 더 감정적인 의미를 품고 있었어요. 오늘의 기분을 맑음이라 표현하기도 하고, 흐림이라 부르기도 했으니까요.

예전에 우울증을 앓던 한 사람이 날씨에 유독 민감해졌다는 이야기를 들은 적이 있어요. 특히 일교차가 큰 날에는 감정이 더 크게 요동친다면서, 그래서 매일 아침 일기예보를 확인하며 마음의 준비를 한다고 했죠. 그 이야기가 유난히 깊게 남았어요. 날씨가 단순히 배경이 아니라 감정을 조율하는 도구처럼 다가왔거든요. 햇볕을 쬐면 뇌에서 세로토닌이라는 행복 호르몬이 분비된다는 사실도 알게 되었어요. 그러니 날씨가 좋아지면 이유 없이 마음이 편안해지는 건, 결국 몸이 먼저 반응한 신호였던 거예요.

저 역시도 그랬어요. 호주 멜버른을 여행했을 때는 흐린 날이 많았는데, 그럴 때마다 마음까지 축 가라앉곤 했죠. "아, 나 멜버른 싫어!" 하고 중얼거리던 순간들도 사실은 도시 때문이 아니라, 그곳의 날씨 때문이었어요. 반대로 햇살이 환하게 쏟아지는 여행지에서는 그 하루가 전부 좋은 기억으로 남았어요. 돌아보면 날씨가 모든 기억의 색깔을 결정지었던 것 같아요. 햇살 아래의 대화는 따뜻하게 기억되고, 빗속의 순간은 눅눅하게 번져 오래 남았으니까요.

사람들은 종종 "그날 날씨 기억나?"라는 말로 추억을 꺼내곤 하잖아요. 결국 날씨가 감정의 기록장이었다는 뜻 아닐까요. 그날의 햇살, 바람, 온도가 기억의 표지처럼 우리 안에 새겨져 있었던 거예요.

그래서 저는 지금도 아침마다 날씨부터 확인해요. 오늘 하루의 기분을 결정짓는 요소 중 하나였으니까요. 해가 쨍쨍한 날이면 카페 창가에 앉아 사람들 오가는 모습을 멍하니 바라보곤 했어요. 특별한 일이 없어도 날씨만 좋으면, 그 하루가 괜찮은 날로 남았거든요.

날씨는 우리가 통제할 수 없는 것 중에 가장 부드럽게 우리를 흔드는 힘이었어요. 그래서 더 조심스럽게 사랑하게 되고, 묘하게 중독되기도 했죠. 저는 앞으로도 이 마약 같은 날씨에 조금쯤 취해 살아가려 해요. 어차피 매일 맞이해야 하는 하늘이라면, 조금 더 예민하게, 조금은 감정적으로 느끼고 싶어요. 그게 곧 나만의 낭만이자, 오늘을 사랑하는 방식이니까요.

다양함
- 다르게 살아가는 용기

바다에 갔더니 상체는 어디에도 보이지 않고 두 다리만 진격의 거인마냥 허공에 흔들리던 사람이 있었어요. 알고 보니 거꾸로 서서 다이빙을 준비하는 중이었죠. 그 장면이 너무 엉뚱해서 웃음이 터졌지만, 동시에 '아, 바다를 즐기는 방식은 이렇게도 다양할 수 있구나'라는 생각이 스쳤어요.

나는 물에 들어가면 늘 조심스럽게 발끝부터 담그며 온도를 확인했어요. 그런데 누군가는 세상을 거꾸로 선 채 맞이하고 있었던 거예요.

횡단보도를 건너던 외국인의 모습도 오래 기억에 남아요. 손에 들린 건 빨간 신라면 컵라면이었는데, 뜨거운 국물을 호호

불어가며 서툰 나무젓가락질로 후루룩 먹고 있었어요. 전 늘 밥은 자리에 앉아 조용히 먹어야 한다고 배워왔거든요. 식사 예절은 당연히 지켜야 하는 것처럼 여겨왔는데, 그 장면은 내 기준을 가볍게 깨트렸어요.

"아, 이렇게도 먹을 수 있구나."

정돈된 밥상 앞이 아니라, 길 위에서 바람과 함께 맛을 즐기는 모습. 낯설었지만 묘하게 자유로워 보였어요.

그리고 호주 시드니에서 가장 핫하다고 알려진 클럽에서 만난 80세의 노인. 흰머리로 덮인 머리카락이 조명에 반짝였고, 그는 누구보다 신나게 음악에 몸을 맡기고 있었어요. 순간 나는 속으로 물었어요.

"나도 저 나이에 저렇게 내 삶을 즐길 수 있을까?"

하지만 곧 깨달았어요. 그가 클럽에 간 건 단순히 즐기기 위함이 아니라, 자기만의 방식으로 스트레스를 해소하기 위해서였다는 걸요. 나는 '늙으면 조용히 지내야 한다'는 갇힌 시선 속에 있었던 건 아닐까. 다양한 삶의 방식이 눈앞에서 춤추고 있었는데, 나는 그동안 내 틀 안에서만 노년을 상상해왔던 거예요.

이처럼 다양한 장면들은 늘 내 고정관념을 흔들어 놓았어요. 나는 종종 '다양성'이라는 말을 멀리서만 생각했어요. 책 속이나 뉴스 속, 혹은 큰 사회적 담론에서만 존재하는 것처럼 여겼죠. 하지만 사실 다양성은 멀리 있지 않았어요. 길거리의 한 끼, 바닷가의 웃음, 클럽의 음악처럼, 우리의 일상 한가운데에 이미 숨어 있었던 거예요.

그러면서 문득 이런 생각이 들었어요.

나는 과연 어떤 색을 가진 사람일까.

누군가에게 나를 보고 '아, 사람은 저렇게도 살 수 있구나'라는 생각이 들게 할 수 있을까. 아니면 그저 늘 도파민만 좇으며 살아가는, 뻔한 한 사람으로만 비칠까.

다양함을 본다는 건 결국 타인을 통해 나를 돌아보는 일이기도 했어요. 내가 가진 고정관념을 깨뜨리고, 내가 갇혀 있던 틀을 벗어나게 만드는 일이었죠. 그래서 다양함은 단순히 세상의 색채가 아니라, 나 자신을 확장시켜 주는 힘처럼 느껴져요.

오늘도 나는 길 위에서, 버스 안에서, 혹은 뉴스의 한 장면에서 내 기준을 깨는 사람들을 만나요. 그럴 때마다 속으로 작은 질문을 던지곤 해요.

"나는 어떤 다양성으로 살아가고 있나?"

아직 답은 잘 모르겠어요. 하지만 그 질문을 잊지 않고 살아
간다면, 언젠가 나도 누군가에게 작은 다양성의 한 장면으로
남을 수 있겠지요.

당연함
- 가볍게 던져진 말, 오래 남는 메아리

요즘 정치 이야기며 축구 이야기며, 자기 성향을 거리낌 없이 표현하는 사람들이 많아졌어요. 물론 성향 차이일 수 있지만, 때로는 그 솔직함이 누군가에게는 불편함으로 다가올 때도 있어요. 나와 같은 종교임을 확인하고서야 말하는 이들도 있지만, 그렇지 않은 경우에는 타인의 가치관을 확인하기도 전에 종교적 신념이나 정치적 의견을 던지곤 하죠.

아무리 오랫동안 고민해 얻은 결론이라도, 듣고 싶지 않은 사람에겐 그저 부담이자 소음일 뿐이에요. 묻지도 않은 이야기를 길게 늘어놓는 건 누군가의 시간을 앗아가는 일이 되기도 해요. 질문하지 않은 사람에게는 전혀 도움이 되지 않고, 때로는 잔소리처럼 들릴 수도 있는 거예요. 결국 그건 소통이 아니라 일방적 강요일 수 있음을, 나도 조금씩 배우고 있었어요.

그러다 보니 이런 생각을 하게 됐어요. 내 생각을 당연하듯이 말하지 말자. 누구나 저마다의 자리에서 다른 눈으로 세상을 보고 있으니까요. 나에게는 소중한 결론일 수 있지만, 상대에게는 전혀 원하지 않았던 간섭일 수도 있을 테니까요.

그리고 또 하나 깨달은 건, 타인의 질문에 너무 성실히 답하지 않는 것도 필요하다는 거예요. 어느 날 건강 문제로 검사를 받게 된 적이 있었는데, 그 경험이 내 몸과 앞으로의 삶에 대해 많은 생각을 남겼어요. 평소 결혼이나 아이에 대해 큰 고민이 없던 나였지만, 원해서 하지 않는 것과 할 수 없어서 못하는 것은 전혀 다른 의미라는 걸 처음 느낀 순간이었죠. 언젠가 정말 사랑하는 사람을 만나 그가 아이를 간절히 원한다면 나는 어떤 선택을 할 수 있을까. 그 막연한 질문이 내 마음속에서 오래 맴돌았어요.

마침 그 즈음, 오랜만에 친구들과 모인 자리에서 결혼한 부부의 뒷풀이에 참석했어요. 테이블 위에는 치킨과 맥주가 놓여 있었고, 다들 얼굴이 붉어지도록 웃고 떠들었어요. 대화는 자연스럽게 결혼과 아이 이야기로 흘러갔죠. 나는 분위기에 휩쓸리듯 무심코 물었어요.

"결혼하면 아기를 꼭 낳아야 하나요?"

그때 돌아온 대답은 너무나 짧고 단호했어요.

"결혼=아이잖아. 아이 안 낳을 거면 결혼 왜 해?"

아마 상대는 별생각 없이 한 말이었을 거예요. 하지만 그 말이 내 불안을 정확히 건드렸어요. 괜히 발끈한 나는 웃고 떠드는 자리에서 홀로 상처를 꾹 삼켜야 했어요. 대화는 다시 가벼운 농담으로 흘러갔지만, 마음속에서는 오래도록 여운이 가시지 않았죠. 질문을 던진 건 나였는데, 정작 그 대답 앞에서 나는 아무 말도 하지 못한 채 스스로 울타리에 갇힌 기분이었어요.

그날 이후 나는 '당연'이라는 단어를 다시 보기 시작했어요. 우리가 쉽게 던지는 말들, 너무나 당연하다고 믿고 사는 전제들이 사실은 누군가에게는 불편함이 되고, 때로는 깊은 상처가 되기도 한다는 걸 알게 되었어요.

살다 보면, 너무 당연하게 여겨왔던 것들이 하루아침에 무너질 때가 있어요. 가족의 곁에 늘 있을 거라 믿었던 시간도, 건강에 아무 문제 없을 거라는 막연한 안심도, 내 선택이 언제나 존중받을 거라는 믿음도. 사실 그 어떤 것도 '당연'하지 않았어요. 내가 믿어왔던 것들이 깨질 때 비로소, 그것들이 얼마나 소중한 것이었는지를 뒤늦게 깨닫곤 했어요.

그래서 나는 마음속으로 다짐했어요. 내 생각을 쉽게 당연하다 말하지 않기를. 묻지 않은 질문에 서둘러 답하지 않기를. 무엇보다, 오늘 곁에 있는 사람과 시간을 당연하게 여기지 않기를.

그 다짐은 거창한 변화라기보다, 작은 습관으로부터 시작되는 것 같아요. 누군가 내게 의견을 묻지 않았다면 굳이 내 결론을 내세우지 않기. 상대의 말이 끝나기 전에 성급히 판단 내리지 않기. 그리고 무엇보다, 늘 곁에 있는 사람에게 "고맙다"라는 말을 더 자주 건네기.

그 마음을 잊지 않고 살아간다면, 언젠가 지금의 내가 조금은 더 단단해져 있겠지요. 삶이 늘 조용히 알려주잖아요. 당연하다고 믿었던 것들이 사실은 하나도 당연하지 않았다는 걸요.

그래서 오늘을 조금 더 고맙게 살고 싶어요. 너무 익숙해서 소홀히 대했던 시간과 사람들을, 당연하지 않은 선물로 바라보며 살고 싶어요. 어쩌면 그것만으로도 지금의 내 삶은 충분히 달라졌는지도 몰라요.

말
- 추임새가 만드는 온기

어느 날 아는 동생이 무심히 던진 한마디가 오래 마음에 남았어요.

"나는 남자 볼 때 다 필요 없고, 말 예쁘게 하는 사람이 최고인 것 같아. 특히 OOO처럼."

그때는 대수롭지 않게 들었는데, 시간이 지나고 나니 그 말이 자꾸 되새김질처럼 떠올랐어요. '말을 예쁘게 한다'는 게 정확히 어떤 뜻일까. 단순히 어휘를 고상하게 쓰는 걸까, 아니면 목소리가 차분하고 듣기 좋은 걸 말하는 걸까. 곱씹을수록, 그건 결국 마음을 다듬어 내뱉는 태도라는 생각에 닿았어요.

사람의 표현은 참 묘해요. 정말로 '아 다르고 어 다르다'는 말이 딱 맞는 순간이 많죠. 같은 뜻을 담고 있어도 어떻게 전하느냐에 따라 전혀 다른 온도가 느껴져요.

"나 이거 한 번 해봐도 돼?"라는 질문에

"응." 하고 짧게 대답하는 사람과,

"응, 두 번 해. 아니 세 번 해도 돼!" 하고 웃으며 말하는 사람.

"우리 다른 고기도 주문해볼까?"라는 제안에

"그래."라고 무심하게 대답하는 사람과,

"당연하지. 너 먹고 싶은 건 오늘 다 먹어야 집에 갈 수 있어." 라고 말하는 사람.

사실 둘 다 같은 '허락'과 '동의'인데, 듣는 사람의 마음에 남는 결은 완전히 다르잖아요. 말끝에 덧붙는 추임새 하나가, 상대를 존중받는 사람으로, 혹은 귀하게 여겨지는 사람으로 만들어 주는 거예요.

저는 그걸 보고 '말은 결국 마음의 결을 드러내는 도구'라는 생각을 했어요. 다듬어진 마음을 가진 사람은 말도 다듬어져 나오고, 배려가 습관이 된 사람은 무심한 한마디조차도 따뜻하게 들리거든요. 반대로 마음이 서툴거나 자기중심적으로 굴 때는, 아무리 고운 단어를 써도 그 속이 어딘가 비어 보일 때가 있어요.

그래서 요즘은 누군가가 어떤 말을 하느냐보다, 그 말의 결이 어떤지를 더 유심히 보게 돼요. 목소리의 높낮이, 눈빛과 함께 건네는 말, 그리고 무엇보다 그 말에 '나를 향한 마음'이 담겨 있는지. 그런 것들이 모여서 결국 그 사람의 태도를 보여주거든요.

살다 보면 말로 상처를 받을 때가 많아요. 때로는 칼보다 더 깊이 박히는 게 말이더라고요. 무심코 던진 농담이 누군가에 겐 오래가는 흉터가 되기도 하고, 한순간의 짜증 섞인 목소리가 관계 전체를 무너뜨리기도 하니까요. 반대로 단 한마디가 사람을 살려내기도 하죠.

"괜찮아."

"네 잘못 아니야."

"너라면 할 수 있어."

이런 말은 짧지만 누군가를 붙잡아 주는 힘이 있어요.

저도 돌아보면, 그동안 누군가에게 했던 말들이 떠올라요. 괜히 서운해서 던졌던 날카로운 말, 무심히 내뱉었던 차가운 말들은 지금도 아쉽게 남아 있고요. 반대로 누군가에게 따뜻한 말을 들었던 순간은 오래오래 제 안에 머물며 저를 지탱해주곤 했어요. 결국 우리가 남기는 건 거창한 업적이 아니라, 마음에 남는 작은 말의 흔적일지도 몰라요.

동생이 말했던 '말 예쁘게 하는 사람'은, 어쩌면 상대를 특별한 존재로 만들어 주는 힘을 가진 사람이에요. 고운 단어만 쓴다고 해서 다 예쁘게 들리진 않아요. 그 사람의 시선과 마음이 함께 담겨 있어야 진짜 예쁜 말이 되죠.

그래서 저는 요즘 이렇게 다짐해요. 말은 곧 나라는 사람을 보여주는 창문이니, 조금 더 조심스럽게, 조금 더 다정하게 다듬어서 내보내야겠다고. 상대방이 내 말을 듣고 마음속에서 따뜻해질 수 있다면, 그게 곧 내가 남긴 가장 예쁜 흔적일 테니까요.

사과

- 변명보다 먼저 건네는 다리

사과를 잘할 줄 아는 사람이 진짜 어른이라고 느껴질 때가 많아졌어요. 저는 누구나 실수를 하는 게 당연하다고 생각하곤 했어요. 노련한 능력자가 아닌 이상, 처음 하는 일에서 실수는 언제든 생길 수밖에 없으니까요. 하지만 많은 사람들은 실수를 곧잘 잘못으로 단정하곤 했죠. 물론 같은 실수가 반복된다면 그것은 결국 잘못으로 변해버리겠지요. 그렇지만 단 한 번의 실수에도 마치 큰 잘못을 저지른 듯 몰아세우는 순간들을 보면, 억울한 마음이 들 때도 있었어요.

남들 앞에서 혼나던 기억이 문득 떠오르곤 했어요. 그때는 아직 어렸고, 제 행동의 무게도 잘 몰랐지만 분명히 '실수'였을 뿐인데 왜 '잘못'처럼 몰아가실까, 속으로 억울함을 삼키며 고개를 숙였던 기억이 있어요. 시간이 흘러 어른이 되어서도 상황은 크게 다르지 않더라고요. 회사에서 업무를 하다 보면 누구나 크고 작은 실수를 하곤 하는데, 그 순간을 대하는 태도에 따라 관계가 크게 달라진다는 걸 배워갔어요.

저는 누군가가 저에게 진심 어린 사과를 건넬 때 마음이 크게 움직이곤 했어요. 괜히 둘러대거나 억지로 변명을 늘어놓는 것이 아니라, "내가 잘못했어"라는 단순한 말 한마디가 얼마나 큰 위로가 되는지 살면서 조금씩 배워갔어요. 사과는 단순히 말로 하는 게 아니라 마음이 담겨 있어야 한다는 것도 알게 되었지요. "그때는 미안했어"라는 말은 그 순간을 인정하고, 상대의 마음을 존중한다는 태도에서만 나올 수 있는 말이더라고요.

저 역시 살아가면서 점점 더 알게 되었어요. 내가 누군가에게 상처를 주었을 때, 그것이 의도하지 않은 일이었더라도 바로 사과하는 것이 얼마나 중요한지요. 시간이 지나면 괜찮아지겠지, 모른 척하면 묻히겠지, 그렇게 미루다 보면 사소한 일도 점점 커져서 마음의 벽이 되어버리곤 했어요. 결국 관계가 멀어지는 이유는 큰 사건 때문이 아니라, 제때 하지 못한 작은 사과가 쌓여서 생기는 경우가 많았어요.

연인 관계에서도 마찬가지였어요. 다투는 이유는 정말 사소했는데, 상대방의 기분을 고려하지 않고 서운하게 말한 뒤 사과를 늦게 한 적이 있었어요. 시간이 흐를수록 '내가 뭘 잘못했어?'라는 생각이 고집처럼 자리 잡으면서 오히려 거리를 만들었지요. 그런데 나중에서야 깨달았어요. 상대방은 잘잘못을 따지려 했던 것이 아니라 단순히 "그 말이 내겐 상처였어"라는 사실을 알아주길 원했을 뿐이었음을요. 그때 바로 사과했다면, 관계는 훨씬 덜 흔들렸을 거예요.

직장 생활에서도 사과는 중요한 역할을 했어요. 상사가 실수를 지적했을 때 억울한 마음이 먼저 앞설 때가 있었지만, 차분히 인정하고 "제가 잘못했습니다. 더 주의하겠습니다."라고 말하는 순간 오히려 신뢰가 쌓이는 경험을 하곤 했어요. 사과는 나를 작게 만드는 게 아니라 관계를 단단하게 만드는 힘이 있음을 그때 알았어요. 반대로 사과하지 않고 고집을 부렸을 때는 일이 커지고, 결국 제 자신도 더 불편해지곤 했어요.

사과는 자존심을 꺾는 것이 아니라 사람 사이의 틈을 메우는 다리와 같다고 생각해요. 그 다리를 먼저 놓을 줄 아는 사람이 결국 진짜 어른일지도 몰라요. 하지만 우리는 여전히 사과 앞에서 머뭇거려요. 사과하는 순간 내가 더 작아지는 것 같고, 상대방이 더 우위에 서는 것 같아 두려워서 쉽게 내뱉지 못하곤 하지요. 하지만 마음을 곱씹어 보면, 사과는 결국 나를 위한 일이기도 해요. 용기를 내어 사과를 건네는 순간 마음의 짐이 덜어지고, 관계 속에서 새로운 숨통이 트이는 경험을 하곤 했어요.

살아가며 저는 더 자주 느껴요. 잘못을 인정하는 것이 결코 부끄러운 일이 아니라는 것을요. 오히려 사과할 줄 아는 사람이 가장 큰 용기를 가진 사람이라는 것을요. 우리는 누구나 실수하곤 하지만, 그 실수를 어떻게 마무리하는지에 따라 관계의 결이 달라지고 인생의 무게도 달라진다는 것을 조금은 알게 되었어요. 그래서 저는 오늘도 다짐해요. 실수 앞에서 변명보다 먼저 사과할 줄 아는 사람이 되자고요.

그리고 언젠가 누군가가 저를 기억할 때,

"그 사람은 틀렸다는 말을 망설이지 않았던 사람이야."

이 말 하나로 남겨진다면, 그걸로 충분하지 않을까요.

어쩌면 그것이야말로 제가 묻고 있는 질문,

'나의 인생은 충분했을까'에 대한 한 가지 답일지도 모르겠어요.

성향

- 완벽할 순 없어도 서로를 품으며

저는 어릴 적부터 감정 기복이 심한 편은 아니었어요. 아직도 기억에 또렷하게 남아 있는 장면이 하나 있는데, 가족 모두가 거실에 둘러앉아 드라마를 보던 날이었죠. 리액션이 풍부한 엄마와 언니가 유독 조용해지는 순간이 있었는데, 그게 바로 드라마에서 슬픈 장면이 나올 때였어요. 분위기가 이상하게 고요해져서 뒤를 돌아보면, 둘은 눈시울이 빨개진 채 화면을 뚫어져라 바라보고 있곤 했어요. 그런 모습을 보면서 전 신기하다고 생각하곤 했어요. 나와는 다른 세계에 있는 사람들 같았거든요. 아빠를 바라봤더니 아빠도 저와 비슷한 표정으로 둘을 지켜보다가 이내 저를 쳐다보시곤 했어요. "그게 뭐가 슬프냐"며 피식 웃으셨는데, 지금 돌아보면 확실한 T 성향의 아빠와 제가 감성적인 엄마와 언니를 바라보던 그 순간이 참 상징적이었구나 싶어요.

같은 집에서 같은 공기를 마셨지만, 언니와 저는 참 달랐어요. 언니는 감정을 솔직하게 표현하는 사람이었고, 저는 조용히 속으로 삼키는 편이었죠. 언니가 어떤 일에 대해 길게 풀어내며 감정을 정리할 때, 저는 "싸웠는데 사과했고, 지금은 괜찮아" 정도로 간단히만 정리하곤 했어요. 그런 언니가 부럽기도 했지만, 한편으로는 "왜 그런 사소한 것까지 굳이 다 이야기하지?" 싶을 때도 있었어요. 하지만 시간이 흐를수록 깨닫게 되었어요. 그런 감정을 드러낼 줄 아는 사람은 마음이 덜 아프겠구나 하고요.

저는 늘 감정을 표현하는 데 조심스러웠어요. 누군가와 갈등이 생기거나 부정적인 감정을 느끼면, 제 감정보다 먼저 떠오르는 건 상대방의 반응이었거든요. 그래서 내 마음을 꺼내기보다 덮어두고 회피하곤 했어요. 하지만 눌러둔 감정은 결국 마음속에서 터져 나오곤 했어요. 그리고 한 번 무너지기 시작하면 깊이 가라앉는 제 자신을 보면서, 이건 문제가 있다는 생각을 하곤 했죠.

그렇다고 해서 제 방식이 완전히 틀렸다고 생각하지는 않았어요. 누군가는 저를 보며 답답하다고 했지만, 이제는 그게 제

잘못은 아니라고 느끼곤 했어요. 우리는 다 다르게 살아가고, 다르게 느끼니까요. 그래서 저는 "그럴 수 있지"라는 말을 참 좋아하곤 했어요. 이 짧은 한마디 안에는 이해와 존중, 그리고 다름을 받아들이는 여유가 담겨 있거든요.

 같은 나라에서 같은 언어를 쓰며 살아도, 사고방식은 완전히 다를 수 있어요. 심지어 같은 날 태어난 쌍둥이조차 전혀 다른 길을 가곤 하잖아요. 그런데도 우리는 쉽게 '나 같으면'이라는 기준으로 타인을 판단하곤 했어요. 그런 기대와 잣대는 오히려 상대를 있는 그대로 보지 못하게 만들었고, 관계를 더 어렵게 만들곤 했어요.

 해외에서 지낼 때, 그런 다름을 더 선명하게 느끼곤 했어요. 특히 한국 사람들 사이에서도 감정 표현이나 사과, 감사에 인색한 분들을 자주 마주하곤 했죠. 처음엔 낯설었지만, 시간이 흐르면서 깨달았어요. 그분들 역시 많은 갈등을 겪으며 스스로를 지키기 위해 그렇게 된 거겠구나 하고요. 표현은 단순한 선택일 수도 있어요. 또 누군가에게는 꼭 필요한 방어기제일 수도 있겠구나 싶었어요.

 어떤 성향을 가지고 살아갈지는 결국 본인의 선택이겠죠. 그리고 그 선택에는 언제나 책임이 뒤따르곤 했어요. 저는 변화

하고 싶은 사람이에요. 그리고 그런 변화를 보여주는 걸 좋아하곤 했어요. 좋은 변화는 주변 사람들에게도 긍정적인 울림을 전해주고, 더 나은 관계로 이어지기도 하니까요. 그래서 저는 제 성향을 가만히 들여다보며 정리하고, 작은 계획을 세우고, 그것을 하나씩 실천하려고 노력하곤 했어요. 그런 삶이 결국 저를 더 단단하게 만들어주었어요.

성향은 고정된 게 아니라고 생각해요. 어떤 사람에겐 한결같은 모습으로 남기도 하지만, 또 어떤 사람에겐 유연하게 변하기도 하죠. 중요한 건, 나를 이해하고 타인을 존중하며, 다름을 틀림으로 보지 않는 마음이 아닐까 해요. 그렇게 서로를 인정하다 보면, 우리는 조금씩 더 나은 사람이 되어가곤 했어요.

완벽할 순 없어도, 서로의 다름을 품어내려는 작은 시도가 결국 더 단단한 나를 만들고, 더 따뜻한 우리를 남기게 되니까요.

그리고 언젠가는, 다름을 두려워하지 않고 다름 속에서 안도할 수 있기를.

나와 다른 너를 마주할 때, 닮지 않아도 괜찮다고 웃을 수 있기를.

그렇게 우리는 조금씩 단단해지고, 또 따뜻해지기를.

솔직함
- 괜찮지 않은 날엔, 괜찮지 않다고

스스로에게 솔직해지는 순간이 얼마나 될까요. 자존심이 강한 사람보다 자기 객관화가 잘 되어 있는 사람이 오히려 더 매력적으로 보이곤 했어요. 겉으론 당당해 보이는 사람보다, 자기 안의 불안함을 고백할 줄 아는 사람이 요즘엔 더 따뜻하게 다가왔어요. 그래서였을까요. 저도 언젠가부터는, 조금 더 솔직해지고 싶다는 마음을 품게 되었어요.

저부터 먼저 고백해보자면, 저는 누군가에게 기댈 줄 모르는 사람이었어요. 그냥 그런 DNA가 아예 만들어지지 않은 것처럼, 기대는 게 어색하고 서툴렀어요. 마음속 깊은 곳에서는 늘 누군가에게 의지하고 싶으면서도, 막상 그 순간이 다가오면 도망치곤 했어요. 그런 제가 요즘엔 조금 달라졌어요. 울고 싶을 땐, 정말 마음껏 울어도 된다는 걸 이제는 조금씩 알아가고 있거든요.

예전엔 울면 내가 지는 것 같아 울음을 억누르곤 했어요. 꾹꾹 눌러 삼키면 그게 이기는 거라고 믿곤 했죠. 생리통이 너무 심해 바닥에서 일어나지 못할 때도 있었어요. 가족에게 연락하는 대신, 멀리 떨어진 휴대폰까지 기어가 119에 연락해 병원에 실려가곤 했죠. 그만큼 약한 모습을 가족한테까지 보이는 게 두렵고, 내 아픔을 들키는 게 힘들었어요. 내 몸이 부서질 만큼 아파도, 누군가에게 징징대듯 내 상황을 알리는 게 어색하곤 했던 거예요.

누군가는 "슬픔을 나누면 반으로 줄어든다"고 말했지만, 저는 반대로 두 배로 불어나곤 했어요. 위로라는 이름으로 던져지는 말들이 오히려 제 마음을 더 무겁게 했거든요. 그래서 차라리 혼자 삼키는 게 편하다며 스스로를 달래곤 했어요.

그런데 요즘엔 조금 달라요. '잘 삼키는 법' 대신, '잘 흘려보내는 법'을 배우고 있거든요. 아직 완전히 익숙해졌다고는 할 수 없지만, 예전처럼 감정에 깊게 가라앉지는 않아요. 그중 하나가, 슬플 땐 그냥 솔직하게 슬퍼하기예요. 괜찮은 척하지 않고, 힘들면 힘들다고 말하는 것. 그 단순한 행동이 저를 조금 더 자유롭게 만들곤 했어요.

　하루는 정말 힘든 날이 있었어요. 평소처럼 괜찮은 척하다가, 도저히 안 되겠다 싶어 엄마에게 전화를 걸었어요. 그런데 목소리가 나오자마자 울음이 터져버렸어요. 그동안 참아왔던 눈물이 한꺼번에 쏟아지며, 말조차 잇지 못할 만큼 엉엉 울었죠. 엄마는 분명 당황하셨을 거예요. 늘 담담하게 "그냥 좀 힘들어"라고만 말하던 딸이 갑자기 대성통곡을 했으니, 얼마나 놀라셨을까요.

　그 순간, 엄마의 말은 서운하게 다가왔어요. "그래도 어떡하니, 이겨내야지"라는 말이 위로 대신 현실만 떠안기는 것 같았거든요. 내가 마지막으로 기댄 사람이 엄마였는데, 그 기대가 무너지는 기분이었어요. 그래서 그날의 결론은 이랬어요. "가족에게도 이 정도라면, 앞으로는 감정을 더 숨기자."

　지금 돌아보면 참 어리석은 생각이었어요. 엄마 마음은 분명 제 마음을 걱정하는 뜻이었을 텐데, 당시엔 그 모든 게 너무 벅차다 보니 좋게 생각할 여유가 없었던 거예요. 하지만 그 경험 덕분에 배운 게 있어요. 감정을 감추는 게 강한 게 아니라, 있는 그대로 꺼내는 용기가 진짜 강함이라는 걸요.

모든 사람에게 내 마음을 다 털어놓을 수는 없겠지만, 적어도 나만은 내 감정을 외면하지 않기로 했어요. 조금 무너져도 괜찮고, 울어도 괜찮고, 솔직해도 괜찮다고 다독이곤 했어요. 괜찮지 않은 날에 괜찮지 않다고 말할 수 있는 내가 되기를, 그게 진짜 나를 지키는 첫걸음이라고 믿게 되었어요.

언젠가는 저도 누군가에게 당당하게 이렇게 말할 수 있기를 바라곤 해요.

"나는 오늘 힘들었어. 그래서 그냥 울었어."

그 순간의 솔직함이 부끄럽지 않은 사람이 되기를.

그리고 언젠가는, 내 마음을 숨기지 않고도 따뜻하게 안도할 수 있기를.

울음조차 나를 부끄럽게 하지 않는 날이 오기를.

솔직함이 결국 나를 지켜주는 가장 단단한 힘임을, 끝내 잊지 않기를.

스트레스

- 더는 바라지 말아요

스스로를 스트레스에 둔하지 않은 사람이라고 생각하며 살아왔어요. 그렇다고 예민한 편도 아니고, 어느 정도 균형을 맞추는 사람이라 생각했지요. 남들이 보기에 저는 "긍정적인 예스걸"이었거든요. 어떤 선택지가 주어지면, 제가 직접 고집을 부리기보다는 다른 사람이 정한 쪽을 따라가는 게 훨씬 편했어요. 그렇게 맞춰주면 분위기도 부드럽고, 갈등도 적었으니까요. 물론 정말 싫은 일이면 기어코 표정으로든 말투로든 드러나곤 했지만, 웬만한 일에는 "괜찮아" 하며 스스로를 눌러왔어요.

호주에 처음 도착했을 때, 집 계약 날짜가 맞지 않아 일주일 동안 여자 전용 4인실 백팩커스에 묵게 되었어요. 좁은 방에

짐을 쌓아 두고, 위아래로 연결된 2층 침대에 기대어 하루하루를 버텼지요. 윗사람이 몸부림을 치거나 계단을 오르면 침대 전체가 흔들렸고, 그 리듬에 맞춰 저도 흔들리며 잠에서 깨곤 했어요. 코 고는 소리는 탱크처럼 굵고 거칠었어요. 에어팟을 귀에 꽂아도 벽을 울릴 만큼 컸고, 결국 새벽마다 얕은 잠에서 뒤척이며 아침을 맞곤 했지요.

낯선 땅, 낯선 사람들, 낯선 생활 패턴 속에서 저는 점점 예민해졌어요. 잠이 부족하니 작은 일에도 금세 짜증이 올라왔고, 사소한 일 하나하나가 신경에 거슬리기 시작했죠. "나는 스트레스에 잘 무뎌"라고 믿어왔던 내가, 오히려 스스로도 놀랄 만큼 날카로워지고 있었어요. 그제야 알았어요. 나는 스트레스를 잘 안 받는 사람이었던 게 아니라, 단지 스트레스를 제대로 겪어본 적이 없었던 거라는 걸.

돌이켜 보면, 예전의 저는 온실 속 화초 같았어요. 그 속에서 부딪히는 스트레스란 것도 사실은 안전한 울타리 안에서만 허락된 작은 파도였던 거죠. 회사에서의 다툼, 시험공부의 압박, 인간관계의 소소한 갈등조차도 사실은 감당 가능한 수준이었어요. 하지만 호주는 달랐어요. 낯선 현실은 제 울타리를 단숨에 걷어내 버렸고, 그제야 진짜 파도가 몰려오기 시작했어요.

그 이후로 입버릇처럼 내뱉는 말이 바뀌었어요. "아, 코골이 때문에 스트레스야." "왜 저렇게 일을 하지? 스트레스네." "이 집 구조 불편해서 스트레스야." 예전 같으면 흘려넘겼을 사소한 것들이 하나하나 예민하게 다가왔어요. 나는 더 이상 긍정적인 예스걸이 아니었고, 오히려 세상에 끊임없이 반응하며 휘둘리는 사람이 되어가고 있었죠.

그러면서 깨달았어요. 나는 스트레스를 모르는 게 아니었어요. 그저 스트레스를 '체험하지 않고 피해 다니는 방식'으로 살아왔던 거예요. 고개 숙이고, 맞춰주고, 내 의견을 삼켜가며 만들어낸 평화 속에 숨어 있었던 거죠.

어느 날 사람들과의 대화를 떠올리며 알게 되었어요. 나는 늘 이야기를 들어주는 쪽이었어요. 상대방은 자기 이야기를 쏟아내고, 저는 맞장구를 치며 들어주고, 끝날 즈음에는 꼭 같은 말을 들었죠. "아, 너무 내 얘기만 했네?" 집에 돌아오면 유난히 피로감이 크게 밀려왔어요. '왜 이렇게 기가 빨리지?' 하고 생각해보면, 언제나 그런 순간이었어요.

그제야 조금 씁쓸했어요. 사람들은 나를 '이야기를 들어주는 사람'으로 당연하게 생각하고 있었구나. 언제든 기대고, 언제든 들어줄 거라고 믿는구나. 그것이 배려처럼 보이지만, 사실은 묵직한 부담이기도 했어요.

어떤 글에서 본 문장이 오래 남아 있어요. 배려심이 많은 사
람은 사실, 본인도 그렇게 배려받기를 간절히 원한다. 저도 그
랬던 것 같아요. 늘 들어주고, 맞춰주고, 괜찮다고 웃어넘기던
나는 사실 언젠가 누군가가 내 얘기를 진심으로 들어주기를,
나도 아무 기대 없이 기댈 수 있기를 바라고 있었어요.

이제는 조금씩 다르게 살아가고 싶어요. 더는 나에게 과도하
게 기대하지 말아 달라고, 더는 내게 바라지 말아 달라고, 마음
속으로 말하곤 해요. 나는 여전히 긍정적인 면을 사랑하지만,
동시에 이제는 나의 예민함도 인정하고 싶어요. 스트레스는
나를 괴롭히는 적이 아니라, 내가 인간답게 반응하는 증거이
기도 하니까요.

사람들의 무심한 기대 속에서 무너져가던 나를 붙잡아 준 건,
역설적으로 스트레스였어요. 나는 이제 알았어요. 나는 모든
걸 받아주는 사람이 아니라, 내 한계를 말할 수 있는 사람이 되
고 싶다는 걸.

그리고 바라요. 언젠가는 내 곁에 있는 사람들에게 이렇게 말
할 수 있기를요.

"괜찮아, 나는 네 얘기를 들어줄 수 있어. 하지만 나도 누군가에게는 기대고 싶어."

그 말이 부끄럽지 않은 사람이 되고 싶어요. 그리고 언젠가, 누군가도 내 앞에서 그 말을 편안히 꺼낼 수 있기를 바라요.

시선
- 보여지는 나에서, 살아가는 나로

호주 워킹홀리데이를 준비하며 가장 설렜던 계획은 단순했어요. 비키니를 입고 해변에 누워, 햇살을 맞으며 책을 읽다가 조용히 잠드는 장면이었죠. 지금도 그 순간을 떠올리면, 이미 그 상상만으로도 호주행 티켓값은 충분했다고 생각해요. 조금은 비현실적으로 보일 수도 있지만, 그 한 장면을 그리며 지쳐 있던 일상 속에서도 버틸 수 있었거든요.

'호주는 성범죄율이 낮다', '노출에 관대하다'는 말들을 들으며, 그곳에서는 내가 조금 더 자유로워질 수 있겠다고 기대했어요. 한국에서는 늘 사람들의 시선을 의식하며 살았던 터라, 낯선 땅에서는 오히려 마음이 편해지면 좋겠다고 생각했죠. 하지만 막상 현실에 마주하고 보니, 낯선 곳에서의 불안감은 그렇게 쉽게 사라지지 않았어요. 그리고 놀랍게도 제일 무서운 건 남의 시선이 아니라, 스스로가 저를 바라보는 눈빛이라는 걸 알게 됐어요. 그건 누구보다 날카롭고, 누구보다 집요했거든요.

비키니, 노출, 노브라, 그리고 타투. 지금은 전혀 신경 쓰지 않는 것들이지만, 그 시절에는 오래도록 경계하면서도 동시에 동경하던 것들이었어요. 한국에서도 요즘은 타투에 대한 인식이 예전보다는 나아졌다고 하지만, 여전히 불편한 시선을 느낄 수 있었죠. 엄마에게 "사실 나 타투 두 개 있어. 미안해~" 하고 장난처럼 말했지만, 그 속에는 왠지 모르게 감추고 싶은 마음이 숨어 있었던 것 같아요.

수영장에서 가장 먼저 떠오르는 건 단연 비키니였어요. 그런데 비키니는 단순한 옷이 아니었어요. '자신 있는 몸'만이 입을 수 있다는 보이지 않는 규칙이 늘 따라붙었으니까요. 그래서 저도 망설였어요. 한국이었다면 그냥 래시가드를 입었을 거예요. 하지만 여기까지 왔고, 28년 인생 동안 단 한 번도 제대로 비키니를 입어보지 못한 내가 왠지 안쓰럽기도 했어요. 그래서 결국 용기 내어 도전해보기로 했죠.

그 순간은 생각보다 담담했어요. 아무 일도 일어나지 않았고,

아무도 저를 쳐다보지 않았어요. 그걸 깨닫는 데는 아주 짧은 시간이 걸렸지만, 그로 인해 무너졌던 제 기준은 꽤 오래된 것이었어요. 나는 왜 나 자신을 그렇게까지 감시하며 살아왔을까. 그날 이후로, 저는 제게 조금은 더 관대해지고 싶다고 생각했어요.

네이버나 포털 사이트를 보면, 자극적인 기사들이 참 많잖아요. "00, 파격적인 비키니 인증샷으로 시선 강탈" "아이돌 00, 완벽한 몸매로 비키니 소화" 같은 제목들이 줄지어 있죠. 그런 기사 속에서 우리는 자연스럽게 '비키니 = 완벽한 몸매'라는 공식을 주입받았던 것 같아요. 그 공식이 익숙해진 탓에 자신이 그 기준에 미치지 못한다고 느끼면 비키니는 선택지에서 제외되는 옷이 되어버리곤 했죠. 저도 그랬어요. 그 공식 안에서 늘 제 자신을 부족하게 느꼈고, 그래서 회피했어요. 하지만 지금은 생각이 달라졌어요.

누가 뭐래도 당당하게 말하고 싶어요. 내가 좋아하는 거, 내가 하고 싶은 거 할 거라고. 그냥 이렇게 입으면 기분이 좋아요. 별다른 이유는 없는데, 그게 다였어요.

시드니에 도착하자마자 가장 먼저 한 일은 바다로 향하는 거였어요. 그 바다에서 수영하는 상상을 정말 오래 했거든요. 그 상상은 출국 전날까지도 저를 지탱해 준 원동력이었어요. 그 날, 처음으로 파도에 온몸을 맡겼어요. 숨을 들이쉬고, 내쉬고, 그냥 그대로 물속으로 가라앉듯 뛰어들었죠.

  얼마 만이었을까요. 그렇게 내면의 소리를 끄집어내며 온몸으로 세상과 부딪혀 본 게. 룸메는 호주에 온 지 세 달이 넘도록 바다에 가본 적이 없다고 했어요. 그런 그녀가 그날 바다에서 웃는 모습을 보며, 저는 그날의 바다가 제 인생에서 참 특별한 한 페이지가 되겠다고 느꼈어요. 파도에 휩쓸려 몸이 말을 안 들어 물속에서 뒹굴다 보니 옆사람과 부딪히는 일도 있었어요. 그 순간은 단순한 해변놀이가 아니라, 나 자신을 해방시키는 의식 같았어요.

  우리는 예쁘게 보여야 한다는 기준 안에서 얼마나 많은 감정을 억누르며 살아왔을까요. 좋은 몸, 좋은 태도, 좋은 이미지. 그 안에 갇혀 있으면 삶 자체가 점점 움츠러드는 것 같아요. 바다에서 느꼈던 해방감은, 단순히 물의 감촉 때문이 아니었어요. 그건 더 이상 '보여지는 나'를 생각하지 않아도 되는 드문 순간이었기 때문이에요.

  결국 사람들의 시선이 오래 머무는 곳은 반짝이는 비키니나 근육질의 몸이 아니라고 생각해요. 오히려 아주 작은 자유, 그리고 진심이 담긴 순간들이죠. "아, 좋다" 하고 멍하니 바라보게 되는 풍경과 사람들, 그 순간의 공기와 웃음 같은 것들요. 저는 그런 장면들을 오래도록 사랑해 왔어요.

그리고 이제는 바라요. 내가 사랑했던 풍경과 사람들이 누군가의 시선 속에 오래 머무르듯, 언젠가 나 또한 누군가의 '좋다' 하는 순간의 배경 속에 스며들어 있었으면 해요. 나도 언젠가 누군가의 시선이 머무는 사람이 되고 싶어요.

타인의 눈보다 더 무서운 건 스스로에 대한 나의 시선이었음을, 이제는 아주 조금, 아주 천천히 알아가고 있어요.

그래서 오늘은, 남의 시선이 아닌 나의 삶을 살아가기로 해요.

약속시간
- 몇 분의 차이, 관계의 온도

스스로를 돌아보면 저는 약속시간에 엄격한 편은 아니었어요. 늘 맞추려 애썼지만, 몇 분쯤 늦는 건 괜찮다고 생각했죠. 상대도 이해해줄 거라 여겼어요. 그러면서도 제가 먼저 도착했을 때 상대가 늦으면 못마땅한 표정을 짓곤 했어요. 지금 생각해보면 참 모순적인 태도였어요. 내로남불의 전형이었죠.

중학교 시절 함께 지내던 친구는 약속시간에 정말 철저했어요. 늘 몇 분 일찍 나와 기다렸고, 늦는다는 건 상상조차 하지 않았죠. 그때는 대수롭지 않게 보였지만, 지나고 나니 그것이야말로 상대를 향한 가장 기본적인 배려였다는 걸 알게 되었어요.

요즘 SNS에는 이런 이야기가 자주 올라와요. "우리 세 시에 보자" 해놓고 정작 세 시가 되어서야 집에서 나오는 사람들. 웃어넘길 농담처럼 소비되지만, 그 시간을 기다리는 입장에서는 결코 가벼운 일이 아니죠. 몇 분의 지각이 쌓여 결국 신뢰의 문제로 이어지는 걸 우리는 너무 쉽게 간과하곤 해요.

얼마 전 친구에게서 들은 일화가 마음에 남아요. 친구가 남자친구를 소개해주겠다며 자리를 마련했는데, 그 남자가 무려 두 시간을 늦게 온 거예요. 교통 체증이나 불가피한 이유도 아니고, 단순히 게임을 하느라 시간을 놓쳤다고 했대요. 처음 인사하는 자리였고, 여자친구가 정성껏 준비한 자리였는데, 그 소홀함이 두 시간이라는 숫자로 드러난 거죠. 저는 그 이야기를 들으며 웃어야 할지, 화를 내야 할지 알 수 없었어요. 결국 그 두 시간은 단순한 시간이 아니라, 태도의 무게처럼 느껴졌거든요.

돌이켜보면 약속시간은 단순히 시계의 숫자가 아니에요. 상대가 나를 얼마나 존중하는지, 내 시간을 얼마나 소중히 여기는지를 보여주는 잣대예요. 기다리는 동안 우리는 수많은 생각을 하죠. "무슨 일이 생긴 건 아닐까?" 하는 걱정에서 시작해, "나를 이렇게 대하는 게 맞을까?" 하는 의문으로 이어지기도 해요. 그 짧은 기다림 속에 관계의 온도와 신뢰가 드러나곤 해요.

시간을 지킨다는 건 단순한 습관이 아니라 내가 누군가에게 보여줄 수 있는 가장 기본적인 예의이기도 해요. 몇 분 일찍 도착해 그 사람을 맞이하는 일, 그 사소한 행동이 "나는 너를 존중한다"는 가장 확실한 표현이 될 수도 있어요.

물론 인생에서 늘 시간을 칼같이 맞출 수는 없을 거예요. 교통 때문에 늦을 수도 있고, 예기치 못한 변수가 생길 수도 있죠. 하지만 늦었을 때는 최소한의 미안함과 감사, 그리고 다시 지키겠다는 다짐이 필요하지 않을까요. 시간을 다루는 태도는 결국 사람을 대하는 태도와 닮아 있으니까요.

예전에는 제가 늦으면 "이 정도는 괜찮겠지"라고 쉽게 생각했어요. 하지만 이제는 달라졌어요. 내가 늦는 순간은 내 시간만 흐르는 게 아니라 상대의 시간도 함께 흘러가고 있다는 사실을 알게 되었거든요. 그 깨달음은 단순한 약속의 영역을 넘어, 살아가는 모든 관계의 방식으로 이어졌어요.

그래서 요즘은 약속시간을 지키려 조금 더 애써요. 누군가가 저를 위해 비워둔 시간을 가볍게 여기고 싶지 않으니까요. 그리고 혹여 제가 기다리게 되는 상황이 오더라도, 그 시간을 원

망보다는 이해와 배려로 바라보려고 해요. 결국 기다림 속에서 드러나는 건 상대만이 아니라, 제 자신의 태도이기도 하니까요.

여유로움
- 사소한 순간이 남겨놓은 큰 쉼표

호주와 일본을 제2의 고향처럼 오가며 살던 때가 있었어요. 그곳에서는 한국과는 다른 속도를 배울 수 있을 거라 믿었죠. 여유라는 단어가 저절로 손에 쥐어질 줄 알았어요.

횡단보도 앞에서 차들이 멈추면, 그 도시의 사람들은 자기 걸음을 유지하며 천천히 길을 건넜어요. 고맙다는 손짓을 가볍게 건네면서도 서두르지 않았지요. 그런데 뛰어가는 건 어김없이 한국인이었어요. 저도 그 무리에 끼어 허리를 숙여 인사하듯 건넌 적이 있었죠. '다음엔 그러지 말아야지' 다짐하면서도, 한국인 친구들과 함께일 땐 또다시 뛰어가곤 했어요.

제주도 게스트하우스에서 머물던 어느 날, 사장님의 이야기

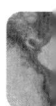

가 기억에 남아요. 서울에서 살 때는 자기 속도로 걷는 것조차 쉽지 않았다며, 뒤에서 불편한 시선을 받거나 제쳐가는 사람들 틈에서 천천히 걷는 게 '민폐'처럼 느껴졌다고 했지요. 그 말을 들으며 속으로 뜨끔했어요. 사실 저 역시 앞사람이 느리게 걷기라도 하면 괜스레 한숨을 쉬며 '왜 저렇게 여유롭지?' 하고 투덜거렸거든요.

 서울에서 자란다는 건 어쩌면 그런 습관을 몸에 새기는 일인지도 모르겠어요. 숨 가쁘게 달려야 살아남는 사회에서 빠른 걸음은 단순한 걸음걸이가 아니라 태도의 일부가 되어버렸으니까요. 늘 서두르고, 늘 조급하며, 늘 남들보다 앞서야 한다는 압박 속에서 살아왔던 거죠.

 하지만 호주에서, 일본에서, 제주에서 만난 장면들은 새로운 질문을 던졌어요. 꼭 그렇게 서둘러야 할까? 조금 늦어도 괜찮지 않을까? 차가 멈춰주는 순간은 잠깐의 배려이자 서로의 여유를 확인하는 시간이었는데, 정작 저는 늘 뛰어넘기 바빴으니까요. 상대의 배려 앞에서도 여유를 누리지 못하는 제 모습이, 한국에서의 제 시간을 고스란히 보여주는 것 같았어요.

 이제는 알 것 같아요. 여유는 환경이 주는 게 아니라 마음의 태도에 달려 있다는 걸요. 남들이 천천히 걷는다고 해서 굳이 뛰어갈 필요는 없어요. 누군가를 제치고 먼저 가야만 하는 것도 아니고요. 나만의 속도로 걸을 수 있다는 건 곧 나 자신을 존중하는 방법이자 타인을 존중하는 방법이기도 하니까요.

 여전히 가끔은 빠른 걸음으로 길을 건너곤 해요. 하지만 마음 한구석엔 작은 다짐이 남아 있어요. 누군가의 배려 앞에서 허겁지겁 뛰기보다, 고개를 들고 미소를 건네며 천천히 건너자고요. 걸음을 늦출 수 있는 그 짧은 순간이야말로, 오래도록 마음에 남는 여유일지 모르니까요.

웃음
- 작은 곡선이 바꾸는 하루

　나는 웃는 얼굴을 가진 사람이라고 믿어왔어요. 밝은 인상, 부드러운 표정, 누구에게나 편안한 첫인상을 줄 수 있는 얼굴 말이에요. 그런데 어느 날, 집 근처 유리창에 비친 제 얼굴은 전혀 다른 이야기를 하고 있었어요.

　입꼬리는 생각보다 아래로 툭 떨어져 있었고, 눈빛은 왠지 모르게 지쳐 있었죠. 웃고 있지 않아도 담백하고 편안한 얼굴이 있듯, 무표정인데도 차갑게 보이는 얼굴도 있잖아요. 그날의 제 얼굴은 후자에 가까웠어요. 기분은 분명 좋았는데, 얼굴은 그 사실을 따라오지 못하고 있었던 거죠.

　사실 저는 스스로를 '웃상'이라고 생각해왔어요. 항공과를 전

공하며 웃는 연습을 했고, 서비스 마인드를 몸에 새기듯 살아왔으니까요. 웃음은 저에게 단순한 표정이 아니라 태도이자 습관이었어요. 그런데 유리 속의 저는, 그 모든 노력을 부정이라도 하듯 전혀 다른 모습이었어요. 순간, 웃음이란 게 단순한 기분의 반영만은 아니라는 사실을 깨달았죠.

더 혼란스러웠던 건, 회사에서는 늘 웃는 얼굴로 지내는데 정작 회사 밖에서는 크게 웃지 않는 제 자신을 발견했을 때예요. 평소에도 웃음이 많은 편인데, 혼자 있을 때나 출근길에는 오히려 험악해 보인다는 말을 듣기도 했거든요. 그렇다면 어떤 얼굴이 진짜 내 얼굴일까. 회사에서의 웃음도, 집 밖에서의 무표정도 모두 거짓은 아닐 텐데.

생각해보면 누구에게나 여러 겹의 얼굴이 있어요. 사회적 관계 속에서의 얼굴, 혼자 있을 때 드러나는 얼굴, 내가 믿고 싶은 이상적인 얼굴. 그 사이를 오가다 보면 문득 묻게 돼요. 진짜 얼굴이란 무엇일까. 어쩌면 고정된 얼굴은 애초에 없을지도 몰라요. 우리는 상황과 마음에 따라 끊임없이 다른 얼굴을 쓰고 벗으면서 살아가니까요. 웃음 역시 꾸며낸 가면이 아니라, 그 순간의 나를 반영하는 얼굴 중 하나일 뿐이겠죠.

언젠가부터 저는 '오늘 기분이 좋아!'라고 확신하기보다, '이

정도면 괜찮아', '퇴근까지는 버틸 수 있겠지' 하며 스스로를 달래는 데 익숙해졌어요. 기준치가 낮아진 만큼 웃음이 얼굴에까지 번져 나오지 않았던 거예요. 겉으로는 괜찮아 보여도 마음 한쪽은 늘 지쳐 있었던 게 아닐까요.

그때 떠오른 게 인스타 릴스에서 본 짧은 영상이었어요. 하루에 5분씩 웃는 연습을 했더니, 한 달 뒤 그 사람의 인상이 달라졌다는 이야기였죠. 처음에는 과장된 얘기 같아 흘려보냈는데, 그날 이후로는 다르게 다가왔어요. 관상은 타고난 얼굴만이 아니라, 반복된 표정과 마음가짐으로 차츰 빚어지는 얼굴일지도 모른다는 생각이 들었거든요.

웃는 얼굴은 단순히 입꼬리를 올리는 일이 아니었어요. 눈가에 온기가 머물고, 미간의 긴장이 풀릴 때 비로소 진짜 웃음이 되었죠. 억지웃음은 누구나 알아차릴 수 있지만, 반복하다 보면 마음이 따라오는 순간도 있었어요. 표정이 감정을 이끌고, 감정이 표정을 바꾸기도 한다는 사실은 단순하면서도 놀라웠어요.

서비스직에서 일하다 보면 웃음의 힘을 자주 실감해요. 어느 날 면담에서 이런 말을 들었어요.

"송이님처럼 자주 웃으시는 분들은 오히려 더 자주 쉬어야 해요. 그래야 웃음이 계속 자연스럽게 나올 수 있어요."

그 말은 낯설지 않았어요. 웃음은 분명 타인에게 긍정적인 인상을 주지만, 동시에 내 안의 에너지를 소모하는 일이기도 하거든요. 억지웃음을 견디는 힘보다, 진짜 웃음을 지키려면 마음을 돌보는 휴식이 먼저 필요하다는 걸 알게 되었어요.

사람은 타인을 만날 때 가장 먼저 얼굴을 보게 돼요. 그 짧은 순간의 표정 하나로 호감이 생기기도, 거리가 느껴지기도 하죠. 그렇다면 내가 매일 짓는 표정은 결국 나를 소개하는 첫 문장일 거예요. 그 문장이 따뜻하고 부드럽다면, 세상과의 대화도 조금은 더 수월해지지 않을까요.

웃는 얼굴은 인상을 바꾸는 데 그치지 않아요. 사람과 사람 사이의 벽을 허물고, 닫힌 마음을 여는 열쇠가 돼요. 상대가 편안해지는 걸 보며 나도 풀리고, 그렇게 선순환이 시작돼요. 웃음은 결국 나를 더 사랑하는 법을 배우는 일이기도 하죠.

그래서 오늘도 다짐해요. 유리에 비친 얼굴을 두려워하지 않기로. 조금 어색하더라도 입꼬리를 올려보기로. 웃음이라는 작은 습관으로 내 얼굴을 빚고, 내 마음을 밝히며, 오늘 하루를 천천히 환하게 살아가기로요.

욕심
- 내 안의 욕심은 조용히 아팠다

욕심이라는 말은 참 다층적인 것 같아요. 겉으로는 단순히 '무언가를 더 갖고 싶어 하는 마음'처럼 보이지만, 그 안에는 애틋함도, 상처도, 고독도 숨어 있어요. 저는 늘 아주 사소한 것들에서 욕심이 생기곤 했어요. 가장 대표적인 건 음식이었죠. 누군가에겐 가벼운 욕구일 수 있지만, 제게는 꽤 강렬한 욕심이었어요.

먹는 걸 정말 좋아했거든요. 입안 가득 퍼지는 향, 따뜻한 국물 한 숟갈에 스며드는 위로. 그 순간만큼은 어떤 근심도 잠시 멀어졌어요. 그래서 먹고 싶은 음식은 꼭 먹어야 속이 시원했죠. 하지만 욕심껏 시킨 음식을 다 먹지 못하고 남길 때면 죄책감이 밀려왔어요. 결국 '절제'를 잘 못하는 제 모습과 마주해야 했죠.

그러다 문득 깨달았어요. 이건 단순한 식탐이 아니라, 어쩌면 공허함을 달래려는 마음일 수도 있겠다고요. 마음 한쪽이 비어 있다고 느낄 때, 그 허기를 채우고 싶어지는 순간이 바로 욕심이었어요. 특히 가장 애매하고 외로운 욕심은 '좋은 사람으로 보이고 싶은 욕심'이었어요. 누군가에게 좋은 사람으로 기억되고 싶은 마음. 그건 결국 '싫은 사람으로 남고 싶지 않다'는 두려움과 이어져 있었어요.

그래서 늘 저를 억누르곤 했어요. 좋아하는 걸 밀어두고, 괜찮은 척 웃고, 원하지 않는 상황에서도 억지로 맞춰주곤 했죠. 어릴 때부터 들었던 말들이 머릿속에 남아 있었거든요. "네가 조금 더 맞춰야지", "세상은 네 맘대로 안 돌아가." 그렇게 쌓이다 보니, 점점 나보다는 '남들이 보는 나'가 더 중요해졌어요. 그러다 보니 착하고 참을성 있는 사람의 틀에 스스로를 눌러 넣고 있었죠.

여러 고민이 겹쳐 있던 시기에 친구들과 신점을 보러 간 적이 있어요. 선생님이 저를 보자마자 조용히 말했어요.

"너는 왜 그렇게 할 말을 못 하고 사냐."

그 말이 마음에 깊이 박혔어요. 단순한 조언이 아니라, 오랫동안 꾹 눌러왔던 제 속마음을 대신 말해주는 것 같았거든요. "하고 싶은 말 좀 하고 살아. 그게 너를 살릴 거야."라는 말이 오래 귓가에 맴돌았어요. 건강마저 좋지 않았던 이유가 결국 쌓인 감정 때문이라는 걸, 그날 처음 인정하게 되었어요.

저는 좋은 사람이 되고 싶다는 욕심에, 아무 일도 없다는 듯 조용히 살아왔던 거예요. 하지만 욕심은 꼭 더 갖고 싶다는 마음만이 아니라, 덜 잃고 싶다는 마음이기도 하잖아요. 그래서 부서지는 마음을 알면서도, 나쁜 사람으로 보이지 않기 위해 말을 삼켜야 했던 거예요. 직장에서 모두가 짬뽕을 시킬 때, 저는 짜장면이 먹고 싶었지만 분위기를 깰까 봐 억지로 따랐던 순간처럼요. 작은 순간들이 쌓일수록 제 욕심은 더 깊이 눌려졌고, 그 억눌림이 결국 몸과 마음을 아프게 만들었어요.

이제는 조금씩 배우고 있어요. 욕심은 나쁜 게 아니라, 세상에 대한 기대이자 나를 지키려는 애씀일 수도 있다는 걸요. 누군가에게 무조건 좋은 사람으로 보이고 싶다는 마음보다, 나 자신에게 솔직한 사람이 되고 싶어요. 내가 원하는 걸 아는 것, 그것을 부끄러워하지 않는 것. 어쩌면 그게 가장 건강한 욕심일지도 몰라요.

조금은 서툴고, 때론 미움도 살 수 있겠지만, 이제는 제 욕심을 너무 멀리 밀어두지 않으려고 해요. 천천히, 조심스럽게, 나답게 살아가려고 해요.

인정
- 스스로에게 건네는 고개 끄덕임

　사람이라면 누구나 한 번쯤은 타인으로부터 인정받고 싶었던 순간이 있을 거예요. 시험을 잘 봤을 때 선생님의 칭찬을 듣거나, 회사에서 프로젝트가 잘 마무리되어 상사의 고개 끄덕임을 받을 때처럼요. 저에게 있어 '인정'이라는 단어는, 모두가 안 된다고 했던 일을 끝내 해냈을 때 가장 크게 다가왔어요. 다들 부정적인 말을 쏟아내며 고개를 저을 때, 그걸 뚫고 나서 성과를 내면 말로 다 설명하기 힘든 희열이 찾아오죠. 사실 그때만큼 도파민이 폭발하는 순간도 드물었던 것 같아요.

　그런 경험은 묘하게 중독성이 있어요. "나를 의심했던 이들에게 보여줬다"는 승리감은 단순한 성공 이상의 의미를 갖거든요. 그건 단순히 결과를 인정받는 게 아니라, 내 존재 자체가 확인되는 듯한 기분을 주었어요.

얼마 전, 박완서 작가님의 『모래알만 한 진실이라도』라는 책속 추천사에서 이런 문장을 본 적이 있어요. 요즘의 에세이들은 자기 시선에서 시작해 자기 시선에서 끝나는 경우가 많은데, 박완서 작가님의 글은 그렇지 않아서 좋다고요. 그 말이 제마음에 오래 맴돌았어요. 나 역시 내가 쓰고 싶은 글을 쓰고, 그것을 누군가에게 인정받기를 바라고 있구나. 그리고 누군가 내 글을 읽고 공감해줄 때, 내가 살아있음을 다시 확인하는구나 하고요.

실제로 그런 경험이 있었어요. 제 첫 책 『진한 여운, 도쿄』가 세상에 나왔을 때였죠. 하루는 책 후기를 검색하다가 우연히 독자의 감상평을 보게 되었어요. 어느 지역, 어떤 도서관에서, 제가 알지도 못하는 사람이 제 책을 빌려 읽었다는 사실. 상상해 보았어요. 아마도 낯선 도서관의 한 구석, 창가 자리에서, 어떤 독자가 제 글을 펼쳤겠죠. 그 모습은 제 눈에 보이지 않았지만, 글자라는 다리를 건너 누군가와 연결되었다는 사실이 신기하고 벅찼어요. 얼굴도 모르는 타인과 제 이야기가 이어지는 그 순간은, 작가로서 느낄 수 있는 가장 매혹적이고도 중독적인 순간이었어요.

하지만 인정은 달콤한 만큼 쓰디쓴 순간도 함께 안겨줘요. 칭찬과 공감은 나를 들뜨게 하지만, 차가운 말 한마디는 그보다 훨씬 더 오래 마음에 남거든요. 오랜만에 제 책에 대한 반응을 찾아보다가, 어떤 독자가 남긴 한 문장을 본 적이 있어요.

"세상 제일 쓰레기 책."

밑도 끝도 없이 던져진 그 문장은 생각보다 오래 제 마음을 붙잡고 놓아주지 않았어요. 다른 때라면 "누구나 취향은 다르니까" 하고 흘려넘겼을지도 모르지만, 그 순간만큼은 인정 욕구가 뒤집혀서 제 존재 전체가 부정당한 듯한 기분이었어요.

그 말 이후로 며칠 동안은 다른 좋은 평가조차 잘 들어오지 않았어요. 수십 개의 따뜻한 문장보다, 단 한 줄의 날 선 말이 마음에 깊이 파고들었죠. 글을 쓰는 사람으로서, 또 한 인간으로서 인정받고 싶다는 욕구가 제 안에 크게 자리 잡고 있기에, 그 말은 더욱 오래도록 제 마음을 흔들었던 것 같아요.

생각해보면 인정이라는 건 참 아이러니해요. 누구나 인정받고 싶어 하지만, 동시에 그 인정에 휘둘리고 싶지는 않으니까요. 인정은 기쁨을 주기도 하고, 때로는 나를 불안하게 만들기도 해요. 누군가에게 인정받는 순간에는 세상을 다 가진 것 같지만, 인정받지 못한다고 느낄 때는 모든 노력이 무너져 내리는 듯하죠.

하지만 글을 쓰고, 관계를 맺으며 살아온 시간 끝에 조금은 알게 되었어요. 진짜 중요한 건 타인의 인정이 아니라, 내가 나를 인정해주는 마음이라는 걸요. 누군가의 고개 끄덕임도 소중하지만, "나는 이만큼 해냈다" 하고 스스로 말할 수 있는 순간이 더 단단한 힘이 되었어요.

그래서 이제는 이렇게 말하고 싶어요.

"인정은 결국 남이 주는 것이 아니라, 내가 나를 받아들일 때 비로소 완성된다."

타인의 인정은 여전히 달콤한 보너스이지만, 가장 오래 남는 건 내가 나를 인정하는 마음. 그 마음 하나만으로도 나는 더 오래, 더 멀리 걸어갈 수 있을 것 같아요.

잊혀짐
- 잊혀진다는 건 또 다른 방식의 남음

호주에서의 삶이 어느덧 11개월쯤 되었을 무렵이었어요. 낯설게만 느껴지던 거리와 사람들, 공기와 언어까지 제법 익숙해졌습니다. 그런데 이상하게도 익숙함 속에서 오히려 외로움이 더 자주 고개를 들곤 했어요. "외롭지 않아?"라는 질문은 남들이 묻지 않아도, 제 안에서 스스로에게 던지던 물음이 되곤 했죠.

그럴 때면 일본에서의 시간이 자연스레 떠올랐어요. 첫 직장과 첫 자취가 모두 일본이었기에, 그곳은 제게 첫 독립생활의 무대였거든요. 두려움도 있었지만 설렘이 더 커서 행복했어요. 혼자 울다 지쳐 잠드는 순간조차 괜찮다고 느낄 만큼, 외로움마저도 젊음의 패기로 감당할 수 있다고 믿었죠. 언어가 통했고, 마음만 맞으면 금세 친구를 만들 수도 있었고, 원한다면 조용히 관계를 정리하는 것도 가능했으니까요. 그래서 누군가에게 잊혀진다 해도, 내가 선택할 수 있는 여지가 있었기에 크게 아프게 다가오지 않았던 것 같아요.

하지만 호주에서의 두 번째 타국살이는 달랐어요. 언어의 벽은 생각보다 높았고, 관계는 느리게 이어졌습니다. 연결은 쉽게 생기지 않았고, 인연은 자주 느슨해졌죠. 그러다 문득 깨닫게 되었어요. 한국에서의 나, 일본에서의 나, 그리고 지금의 나. 그 모든 내가 어딘가에서 조금씩 잊혀져 간다는 감각이었어요. 단순한 외로움이 아니라, 존재가 흐릿해지는 듯한 두려움이었죠.

물론 그렇다고 제가 매일 외롭기만 했던 건 아니에요. 파티에 가기도 했고, 술을 마시며 친구들과 밤을 지새우기도 했죠. 웃고 떠들며 어깨가 가벼워지는 순간도 많았어요. "아, 이래서 외국살이가 재밌구나" 싶은 시간도 있었어요. 그런데 웃음소리가 잦아들고 집으로 돌아오는 길에, 잊혀진다는 기분은 또 다른 얼굴로 다가왔습니다. "지금 이 순간, 한국에서의 나는 어떻게 남아 있을까? 내가 떠난 자리에선 이미 누군가 나를 잊은 게 아닐까?" 하는 생각이 스쳐가곤 했죠. 즐거움과 잊혀짐이 공존했다는 사실이, 오히려 호주에서의 시간을 더 선명하게 남겨주었던 것 같아요.

잊혀진다는 건 단지 누군가의 기억에서 멀어지는 일만은 아니었어요. 때로는 저 스스로조차 예전의 나를 낯설게 느끼곤 했으니까요. 일본에서 활기차게 지내던 나, 한국에서 바쁘게 살아내던 나. 그 모습들이 점점 희미해져 지금의 나와는 조금씩 어긋나는 듯 보였어요. 그래서 잊혀짐은 결국 타인의 문제가 아니라, 나 스스로의 기억 속에서도 일어나는 일일지도 모르겠다는 생각을 하곤 했습니다.

그럼에도 불구하고, 어디에 있든 나를 기억해주는 사람이 있다는 건 큰 위로였어요. 짧은 안부 인사 하나에도 마음이 놓이고, 소소한 소식 하나에도 "아직 내가 연결되어 있구나" 하는 안도감을 느끼곤 했죠. 멀리 떨어져 있어도 마음이 이어져 있다면, 그건 잊히지 않는 관계라는 걸 알게 되었어요.

멀어짐과 가까워짐은 결국 한 끗 차이 같아요. 거리를 두고 있어도 마음의 끈이 이어져 있다면 여전히 가까움 속에 머무는 것이고, 반대로 매일 얼굴을 마주해도 서로의 안부를 묻지 않는다면 이미 잊혀진 것이나 다르지 않겠죠. 중요한 건 물리적인 거리가 아니라, 서로를 어떻게 기억하고 있느냐 하는 태도라는 걸 호주에서의 시간을 통해 조금은 배우게 되었어요.

 그래서 오늘도 다짐해요. 잊혀진다는 두려움에 갇히지 않겠다고. 누군가의 마음속에서 문득 떠오를 수 있는 사람으로 남는 것만으로도 충분하다고. 그리고 나 스스로도 과거의 나와 지금의 나를 잃지 않고 기억하며 살아가겠다고요. 잊혀짐은 사라짐이 아니라, 또 다른 방식의 남음일지도 몰라요. 언젠가 이 기억이 누군가에게 따뜻한 위로로 닿기를 바라며, 나는 오늘도 나를 기억 속에 단단히 새겨 넣고 있어요.

저축
- 모으는 건 돈만이 아니니까

"넌 도대체 큰일 생기면 어떻게 하려고 하루살이처럼 사니?"

아마 부모님이 눈만 마주치면 하시던 단골 멘트였어요. 어릴 땐 흘려들었지만, 나이를 먹을수록 그 말 속 걱정이 조금씩 피부로 와닿았죠. 제 통장에 2만 원밖에 없던 시절에도 언니가 피자가 먹고 싶다 하면 갈릭디핑소스까지 추가해 19,900원을 아주 시원하게 쓰곤 했으니까요. 전 재산을 다 쓰고도 치즈 묻은 손가락을 핥으며 "아, 잘 먹었다~" 웃던 제가 있었죠.

돈이 갑자기 필요해지면요? 근거 없는 자신감이 있었어요. "부모님이 어떻게든 주시겠지." 정작 부모님은 아무 말도 안 했는데 혼자 김칫국부터 마시고 있었던 거예요. 얼마나 허술

하고 답답했을까 싶어요.

그래서인지 저는 늘 '모으는 것'에 서툴렀어요. 돈만이 아니라 시간도, 감정도, 관계도. 있으면 다 써버리고, 주어지면 흘려보내고, 지금 하고 싶은 걸 참지 못했죠. 지금의 즐거움이 미래의 불안을 이길 거라 믿으며 살아왔어요. 위험한 믿음이었지만, 당시의 저는 꽤 단단히 그 믿음을 붙잡고 있었죠. 그러던 어느 날, 이모가 제게 아주 조용하고 단단한 목소리로 말했어요.

"너희 나이엔 천만 원을 모으는 것보다 경험을 많이 해. 돈은 언제든 다시 벌 수 있지만, 지금 이 순간은 다시 돌아오지 않아. 그리고 네가 겪고 느낀 걸 글로 남겨. 잔고가 0원이든, 천만 원이든 중요한 건 네가 쌓아온 시간과 감정이야. 그게 너의 진짜 밑천이 되는 거야."

그날 이후 저는 저만의 방식으로 저축을 시작했어요. 금융 통장이 아니라, 감정의 통장을요. 작은 기쁨, 소소한 발견, 낯선 곳에서 마주한 따뜻한 눈빛, 용기 내어 건넨 한마디, 엉뚱한 선택 끝에 맞이한 후회까지. 모두 빠짐없이 그 통장에 차곡차곡 쌓아두기 시작했어요.

엄마가 제 삶을 안전하게 묶어두려 했던 사람이라면, 이모는 제 삶을 조금 더 멀리 던져보게 해준 사람이었어요. 늘 "안 된다", "지금은 때가 아니야"라는 말에 둘러싸여 있던 시절, 이모처럼 "저질러봐!", "후회해도 괜찮아!"라고 속 시원히 말해주는 사람은 귀했죠. 덕분에 저는 하고 싶은 것, 가고 싶은 곳, 만나고 싶은 사람에게 망설임보다 '용기'라는 이름으로 한 발짝씩 다가갈 수 있었어요. 물론 그 선택들이 늘 좋은 결과로 이어진 건 아니었어요. 때로는 후회했고, 주머니를 털며 한숨 쉬기도 했죠. 하지만 그런 순간들마저 결국은 제 밑천이 되어주었어요.

'저축'이라는 단어는 늘 무겁게 느껴졌어요. '성실히', '꾸준히', '꼭꼭 모아야 한다'는 수식어가 따라붙었으니까요. 하지만 저는 꼭 숫자를 채우는 것만이 저축은 아니라고 생각해요. 나에게 쏟는 시간도, 실패를 무릅쓰고 떠나는 여행도, 좋아하는 사람과 웃으며 나눈 대화도 모두 나를 풍요롭게 해주는 저축이잖아요.

그리고 문득 이런 생각도 들어요. 이렇게 말해주는 사람이 곁에 있다는 것, 그 자체가 우리가 가진 가장 귀한 예금일지도 몰라요. 결국 내가 모은 건 돈 몇 푼이 아니라 수많은 순간과 이야기들이었다는 걸, 저는 이제야 조금 알게 된 것 같아요.

조급함
- 나만의 속도를 찾아가는 길

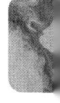

예전에는 노래 가사 속에도 서른이라는 나이가 하나의 기준처럼 자리했어요. "서른이 되기 전에 결혼은 할런지"라는 문장이 사람들 입에 오르내렸죠. 마치 서른이라는 숫자가 인생의 마지노선이자 마지막 기회처럼 여겨졌던 시절이 있었어요. 그때는 결혼은 당연히 했어야 했고, 아이도 한두 명쯤 키우고 있을 거라는 전제가 따라다녔죠.

그런데 지금은 달라졌어요. 이제 서른은 더 이상 결혼의 유통기한이 아니에요. 나를 알아가고, 내가 원하는 일을 누리며 살아가는 또 다른 출발선일 뿐이죠. 주변 사람들도 서른을 초조하게 받아들이지 않아요. 결혼은 필수가 아니라 선택이 되었고, 선택하지 않아도 괜찮은 삶이 있다는 걸 우리는 자연스럽게 배우고 있어요.

그럼에도 한국에 돌아오면 여전히 다른 공기가 느껴졌어요. 일본어와 책 말고는 딱히 내세울 스펙이 없는 제게, 사람들은 늘 "조금 더 서둘러야 하지 않겠냐"는 말을 건넸어요. 아빠는 "지금이라도 늦지 않았으니 부산으로 돌아와 무역회사에 다녀라"라고 권하셨죠. 그 말 속에는 분명 걱정과 사랑이 담겨 있었지만, 동시에 저를 조급하게 만드는 무게로 다가오기도 했어요.

호주 생활을 정리하고 한국으로 돌아왔을 때, 병원 일정 때문에 취업을 미루게 된 적이 있었어요.

석 달쯤 아무 일도 하지 못하자 '나 이렇게 괜찮은 걸까?'라는 불안이 고개를 들었죠. 눈에 보이지는 않았지만, 매일 아침 그림자처럼 옆에 서 있던 불안이었어요.

그럴 때마다 그림을 꺼내들곤 했어요. 잘 그리지는 못했지만, 몰두하는 순간만큼은 시간이 훌쩍 흘러가곤 했죠. 다이소에서 산 10색짜리 물감으로 그림을 그렸는데, 결국 자주 쓰는 건 초록·검정·흰색 세 가지뿐이었어요. 처음엔 흰색을 아낌없이 쓰다가 모자라자 다른 색으로 급히 덧칠하며 맞춰가야 했죠. 마치 처음엔 두껍고 선명하게 칠하다가, 시간이 갈수록 옅어지고 번져가는 모습처럼요.

그때 문득 깨달았어요. 그림조차 왜 나는 그렇게 조급했을까. 어차피 캔버스는 결국 채워질 텐데, 무엇이 나를 그렇게 다급하게 몰아세웠을까. 그리고 흰색이 모자라자 다른 색으로 덧칠하며 억지로 맞춰가던 모습이, 꼭 현실 속 제 모습 같았어요.

조급함은 어쩌면 우리에게 배어 있는 문화일지도 몰라요. 더 빨리, 더 앞서 나가야 한다는 강박. 누가 정해주지도 않았는데, 모두가 비슷한 속도로 달려야 하는 것처럼 느끼게 하는 공기. '남들보다 늦으면 실패'라는 불안이 우리를 몰아세우죠.

하지만 인생은 누구와도 같을 수 없어요. 길은 하나가 아니고, 결국 각자 다른 속도로 흘러가는 여행 같아요. 조급하게만 달리다 보면, 정작 내 앞에 있는 풍경을 보지 못하고 지나쳐 버리게 되죠. 누군가 이미 앞서갔다고 해서 내가 늦은 건 아니잖아요.

나는 나의 속도를 지켜가고 싶어요. 느리면 느린 대로, 빠르면 빠른 대로, 결국은 나만의 색으로 물드는 삶일 테니까요. 그리고 때로는 이렇게 말해주고 싶어요.

"괜찮아, 조금 늦어도 돼. 지금 이 순간에도 너의 캔버스는 충분히 아름답게 채워지고 있으니까."

존경
- 빛나지 않아도 오래 남는 사람들

요즘은 무에서 유를 만들어내는 사람들이 참 멋지다 못해 존경스럽기까지 해요. 정말 아무것도 없는 백지에서 무언가를 구상하고, 만들어내고, 디테일한 결까지 살려내는 사람들 말이에요. 그리고 거기서 멈추지 않고 끝내 성과로 보여주고, 또 다음을 향한 새로운 계획까지 세워내는 모습을 보면 그저 감탄만 나오곤 해요. 뭔가를 처음부터 만들어간다는 게 얼마나 어려운 일인지, 시간이 지날수록 더 크게 실감하게 되더라고요.

어릴 때는 단순히 "와, 대단하다" 하고 지나쳤던 감상이, 지금은 "어떻게 저걸 해냈을까"라는 깊은 질문으로 바뀌었어요. 노력, 창의력, 그리고 그걸 지탱하는 꾸준함이 얼마나 대단한지를 이제야 조금 알게 된 것 같아요. 어쩌면 존경심은 '대단하다'라는 얇은 감탄이 시간이 흐르며 두터워진 결과가 아닐까요. 감탄은 눈앞에서 머무르지만, 존경은 마음 깊은 곳까지 스며드는 경험이니까요.

예전에 친구와 함께 도쿄 디즈니씨에 간 적이 있었어요. 사실 저는 디즈니 캐릭터에도, 어른이 아이처럼 즐기는 동심이라는 테마에도 큰 관심이 없었거든요. 그런데 제 친구는 달랐어요. 입구에 들어서자마자 두 눈이 반짝이고, 사진을 찍으며 방방 뛰는 모습이 어린아이 같았죠. 그 모습이 귀엽기도 했지만, 동시에 '나는 왜 이렇게 무덤덤하지?' 하는 생각이 스쳤어요.

그날 우리가 탄 어트랙션은 심밧드의 모험이었어요. 저는 기대 없이 앉아 있었는데, 막상 체험이 시작되자 전혀 다른 감정이 밀려왔어요. 단순히 스토리에 빠져드는 대신, 수많은 인형들, 세밀한 배경, 빛을 조절하는 조명, 작은 소품 하나까지 눈길이 갔어요. '이걸 다 어떻게 만들었을까?', '이건 어떤 재질로 만든 걸까?', '색감이 왜 이렇게 잘 어울리지?' 하고 생각했죠. 오래전 만들어진 것임에도 여전히 촌스럽지 않고 아름다웠어요. 그 순간 처음으로 작품 뒤의 과정과 노력을 상상하며 진심 어린 존경이라는 감정을 느꼈어요.

그때 알았어요. 존경은 눈앞의 성취가 아니라, 보이지 않는 과정을 상상하고 그 무게를 가늠할 수 있을 때 비로소 싹트는 감정이라는 걸요. 존경은 성과를 빛나게 만드는 투명한 그림자예요. 화려한 결과 뒤에 숨어 있는 무수한 실패와 집념, 그리고 그것을 꿋꿋이 견디는 힘까지 바라보게 하니까요.

존경은 꼭 창조적인 성과에서만 느껴지는 게 아니더라고요. 자신이 서 있는 자리에서 태도와 진심을 다하는 사람에게도 충분히 생길 수 있는 감정이었어요. 방송에서 치어리더 박기량님의 이야기를 들었을 때도 그랬어요. 치어리더라는 직업 특성상 늘 햇볕 아래 무대에 서야 하는데, 요즘 후배들은 피부가 타지 않으려고 양산을 쓴다고 하더군요. 그 이야기를 들은 박기량님은 "프로페셔널하지 못하다"라고 말했대요. 처음엔 '조금 엄격한 말 아닌가?' 싶었지만, 곱씹을수록 뭉클해졌어요.

그분은 단순히 '왜 못 참느냐'고 질책한 게 아니라, 자신의 몸에 밴 프로 정신을 전한 거였어요. '무대 위에서는 보기 좋게, 에너지 넘치게, 최선을 다해야 한다'는 태도 말이죠. 그 이야기를 들으며 깨달았어요. 존경은 단순히 누군가를 높이 쳐다보는 게 아니라, 그 사람의 자리에 나를 놓아보며 '나였다면 저렇게 할 수 있었을까?' 하고 묻는 경험이구나, 하고요.

그래서 존경은 나를 더 겸손하게 만들고, 동시에 단단하게도 만들어요. 누군가를 존경한다는 건 곧, 나 역시 더 나은 모습으로 살고 싶다는 바람과 닿아 있더라고요. 작은 가게를 성실히 운영하는 사장님, 아이의 눈높이에 맞춰 하루를 애쓰는 부모님, 두려움보다 도전을 택하는 친구들. 이런 사람들이야말로 제가 가장 오래, 깊이 존경하는 존재들이에요.

그리고 이제 알 것 같아요. 존경은 고개를 숙이는 행위가 아니라, 누군가의 삶을 이해하고 인정해주는 또 하나의 방식이라는 걸요. 존경심을 품는 순간, 나는 조금 더 겸허해지고, 동시에 조금 더 나은 사람이 되고 싶은 마음을 얻게 되더라고요.

죽음
- 죽음을 말할 때 삶이 더 선명해진다

"만약 엄마가 죽게 되면, 땅이나 바다 말고 꼭 나무 울창한 식목원에다 심어줘."

엄마는 가끔 죽음에 관한 이야기를 꺼내곤 하셨어요. 오래된 영화 속 대사처럼 담담하게, 그러면서도 묘하게 진지했죠. 그 말을 들을 때면 마음 한구석이 철렁했어요. 농담처럼 스쳐 가다가도, 곧 낯선 감정이 마음을 가득 메웠죠. 두려움이라기보다는 언젠가는 마주해야 할 미래가 너무 또렷하게 다가와서였어요.

저는 그 낯섦을 덜어보려는 듯 일부러 장난을 쳤어요.

"엄마, 그럼 내가 먼저 죽으면 나무 말고 바다에 뿌려줘. 근데

내 뼈가루는 다 버리진 말고, 조금은 남겨서 목걸이나 반지로 만들어. 엄마가 그거 매일 하고 다녀줘야 돼."

그 순간까지 묵묵히 듣고 있던 아빠는 결국 얼굴을 찡그리고 말하셨어요.

"그런 재수 없는 얘기는 하는 거 아니다."

말은 그렇게 하셨지만, 무겁다기보다는 조심스러운 말투였어요. 그 안에 담긴 걱정과 애정이 더 뚜렷하게 느껴져서, 오히려 따뜻하게 다가왔죠. 그 순간 죽음이라는 단어는 잠시 사라지고, 남은 건 가족 사이의 익숙하고 다정한 공기였어요.

사실 저는 죽음에 대해 자주 생각하는 편이에요. 무섭다기보다는 단순히 궁금해서였죠. 사람들은 왜 죽음을 그렇게 멀리하려 할까. 그리고 그 순간이 다가왔을 때, 남는 건 무엇일까. 김완 작가님의 『죽은 자의 집 청소』를 읽었을 때도 그랬어요. 홀로 세상을 떠난 사람들의 공간을 정리하며 마주하게 되는 이야기 속에서, 저는 "나는 어떤 모습으로 무엇을 남길까"라는 문장 앞에 오래 머물렀어요. 언젠가는 나 역시 정리되어야 할 사람이라는 사실이 선명하게 다가왔거든요.

최근에 엄마는 다시 죽음 이야기를 꺼내셨어요. 울창한 식목원에 심어지고 싶다던 바람에서, 이번엔 바다에 뿌려달라는 말로 바뀌어 있었어요. 단순한 변덕이라기보다는, 그 사이 엄마가 죽음에 대해 또다시 고민하고 상상해왔다는 걸 알 수 있었어요. 숲속에서 편안히 머무는 장면을 떠올리다가도, 언젠가는 파도처럼 부드럽게 흩어지고 싶다는 또 다른 바람이 생긴 거겠죠. 엄마의 말은 담담했지만, 그 안에는 언젠가 천천히 맞이하게 될 미래를 조용히 떠올리는 마음이 담겨 있었어요.

그 이야기를 들으며 한편으로는 마음이 아렸어요. 살아 있는 동안 아직 전하지 못한 고마움이 많다는 걸 깨달았거든요. 말하지 못한 애정, 다 알지 못한 엄마라는 사람의 이야기들. 죽음을 이야기한다는 건, 결국 어떻게 살아가고 싶은지를 고백하는 것과 같다는 생각이 들었어요. 나무 울창한 식목원도, 바다에 흩날리는 재도 사실은 '내가 살아 있었던 자리를 따뜻하게 남기고 싶다'는 마음의 표현이었으니까요.

죽음을 자주 이야기하는 집은 어쩌면 삶을 더 진하게 살아내고 있는 집이 아닐까요. 가벼운 농담 속에도 서로를 향한 마음이 담겨 있다는 걸 이제야 조금씩 알 것 같아요. 어쩌면 언젠가 정말 나무 많은 식목원에, 햇살이 드리워지고 바람이 부는 곳에 우리 모두 차례차례 머물게 될지도 모르겠죠. 그곳이 따뜻하게 기억되는 장소가 되기를, 그리고 그 기억 속에 오늘 나눴던 이 조용한 대화들이 고스란히 남아 있기를 바라요.

그리고 문득, 한 번은 이런 글을 본 적이 있어요. 지금 제가 서른 살이고 부모님과 떨어져 산다고 가정했을 때, 1년에 두 번만 본다면 부모님이 백 살까지 살아도 100번도 채 만나지 못한다는 이야기였어요. 그 단순한 계산이 이상하리만큼 가슴을 크게 흔들었어요. 죽음보다 더 두려운 건 어쩌면, 살아 있는 동안 충분히 만나지 못하는 게 아닐까 싶었거든요. 그래서 저는 이제 숫자를 세기보다 순간을 세어가며 살고 싶어요. 만나게 되는 날을 허투루 넘기지 않고, 감사하다는 말과 사랑한다는 마음을 조금 더 자주 건네고 싶어요.

삶은 유한하고, 죽음은 누구에게나 오지만, 끝내 남는 건 우리가 서로에게 건네던 말과 마음이에요. 그래서 마지막까지도 우리는 누군가의 삶 속에서, 이름으로, 기억으로, 따뜻한 온기로 오래 머물 거라 생각해요.

주변의식
- 주변의식에 갇혀 살던 나에게

저는 유난히 눈치를 많이 보며 살아왔어요. 식당에서 부모님이 조금만 큰 목소리로 말씀하셔도 괜히 조용히 좀 하시라며 눈치를 주곤 했죠. 부모님은 이해가 안 된다는 표정이었고, 저는 혼자만 불편해했어요. 누가 우리 대화를 듣는 것도 아닌데, 그저 남들의 시선이 거슬렸던 거예요.

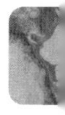

버스에서는 전화가 와도 받지 않았어요. 전화를 받는 순간 예의 없는 사람처럼 보일까 봐서요. 그래서인지 '전화 못 받아서 미안해'라는 말을 늘 달고 살았어요. 친구들은 익숙하다는 듯이 "지하철이야? 버스야?" 하고 문자를 보내곤 했는데, 그 질문이 반복될 때마다 '나는 왜 이렇게까지 하고 있지?' 싶은 순간이 찾아왔어요. 심지어 정류장을 지나친 적도 많았죠. '기사

님 여기요!'라는 말이 목까지 차올랐지만, 끝내 입 밖으로 꺼내지 못했어요. 결국 다음 정류장에서 내리며 괜히 바보가 된 기분을 맛보곤 했습니다. 그런 저와 달리 자연스럽게 말하는 사람들을 보면 내심 부러웠어요. 그 자유로움이 참 멋져 보였거든요.

헬스장에서도 그랬어요. 스트레칭을 하다가 누군가 옆에만 와도 몸이 굳곤 했습니다. 원래 하려던 동작이 있었지만 '이상하게 보이지 않을까? 괜히 튀는 건 아닐까?' 하는 생각에 루틴을 바꾸곤 했죠. 운동은 나를 위한 시간인데, 왜 이렇게까지 눈치를 봐야 할까 스스로도 답답했어요.

지금 돌아보면 그건 단순히 소심함이 아니었어요. 어쩌면 '예의'라는 이름 아래 제 자신을 꽁꽁 감추며 살았던 건지도 모르겠어요. 공공장소에서 전화를 받지 않는 것도, 식당에서 조용히 하는 것도, 제가 원해서라기보다는 '하면 안 될 것 같아서'였죠. 하고 싶지 않아서 안 하는 것과, 해도 되지만 못 하는 것. 그 사이엔 분명 큰 차이가 있었어요. 저는 그 애매한 중간 어딘가에서 오랫동안 쪼그라들어 살아왔던 것 같아요.

남들이 나를 어떻게 볼까, 누가 이상하게 생각하진 않을까. 늘 걱정이 앞섰지만, 마음 한구석에서는 늘 외쳤던 것 같아요.

"나는 그냥, 나대로 있어도 되는 사람인데."

지금은 조금씩 그 틀을 깨보려 해요. 더 이상 타인의 시선에 휘둘리고 싶지 않아요. 물론 하루아침에 바뀌긴 어렵겠죠. 아직도 눈치를 보게 되는 나를 마주하곤 해요. 하지만 이제는 알 것 같아요. 사람들은 생각보다 나에게 관심이 없다는 걸요. 내가 실수했든, 말했든, 조용히 있었든. 대부분은 자기 삶에 바쁘고, 내가 내린 작은 선택 따위는 그들에게 아무 의미도 없다는 걸요.

그래서 이제는 타인의 눈빛보다 제 마음에 집중하고 싶어요. 하고 싶은 말을 조심스럽게라도 꺼내보고, 내리고 싶은 정류장에서 용기를 내어 말해보려고요. 저를 억누르던 보이지 않는 경계에서 조금은 자유로워지고 싶은 마음이에요.

예전의 저, 그토록 눈치를 보며 움츠러들던 저에게 조용히 말해주고 싶어요.

"그렇게까지 눈치 보지 않아도 괜찮았어. 너는 늘 잘하고 있었어. 그러니 이제는 네가 원하는 길을 향해 걸어가도 좋아. 비록 천천히 걷더라도, 그건 충분히 너다운 속도일 테니까."

질투
- 사랑이 머물기에 흔들리는 마음

살아가는 동안 단 한 번도 질투에 흔들리지 않은 사람은 없을 거예요. 학창시절엔 성적표를 받아들고 친구와 비교하며 마음이 흔들렸고, 조금 더 자라서는 친구가 새로운 무리에 잘 섞여 들어가는 모습을 보며 왠지 모르게 소외감을 느끼기도 했어요. 연인이 다른 사람에게 웃어줄 때, 혹은 직장에서 동료가 나보다 먼저 인정받을 때, 우리는 불현듯 심장이 콕 찌르는 듯한 질투의 순간을 경험하곤 했죠.

그럴 때마다 저는 속으로 중얼거렸어요.

"내가 왜 이러지? 내가 이렇게 속 좁은 사람이었나?"

부끄럽고 초라해 보였지만, 시간이 지나 돌이켜보면 그건 지

130

극히 자연스러운 감정이었어요. 질투는 사람이라면 누구나 피할 수 없는 마음의 파동이고, 그것 자체로 선악을 나눌 수 없는 감정이에요.

질투의 뿌리를 들여다보면 의외로 단순합니다. 누군가의 사랑과 관심을 잃을까 봐 두려운 마음, 나보다 앞서가는 타인을 보며 느끼는 결핍과 비교심리. 그것이 질투의 본질이에요. 한국 속담에도 있듯이 "사촌이 땅을 사면 배가 아프다"라는 말은 단순한 농담 같지만 인간의 본능을 찌르는 표현이죠. 누군가의 행복이 곧 나의 불행처럼 느껴지는 순간, 질투는 그림자처럼 조용히 스며들곤 해요.

심리학에서는 질투를 '관계 유지에 필요한 본능적 감정'으로 설명해요. 진화적으로 인간은 소속된 무리 속에서 버텨야 했고, 애정을 독점하는 것이 곧 생존과 직결되었죠. 그러니 질투는 사랑의 반대가 아니라 오히려 사랑의 변형된 모습일 수 있어요. 누군가를 향한 애정이 전혀 없다면, 애초에 질투도 일어나지 않으니까요.

저는 질투를 느낄 때마다 스스로에게 질문하곤 했어요.

"내가 원하는 건 정말 저 사람을 이기는 걸까, 아니면 그냥 사랑받고 싶다는 단순한 마음일까?"

대부분의 답은 후자였어요. 결국 내가 바라는 건 경쟁에서 앞서는 게 아니라, 누군가의 관심과 애정이 나에게 머물러 주기를 바라는 작은 소망이었죠.

어릴 적 기억이 하나 떠올라요. 저는 사실 성적에 크게 연연하지 않는 편이었어요. 내가 90점을 맞고 옆 친구가 100점을 받아도, '이 정도면 잘했지 뭐' 하며 금세 넘기곤 했거든요. 그런데 이상하게도 다른 순간들에서는 묘한 질투심이 올라오곤 했어요. 예를 들어 친한 친구가 저 말고 다른 친구와만 더 어울려 다니는 모습을 볼 때, 혹은 내가 준비하지 못한 발표를 누군가가 막힘없이 잘해낼 때였죠. 그럴 때면 속으로 '괜히 내가 더 뒤처져 보이는 건 아닐까' 하고 마음이 흔들리곤 했어요.

연애할 때의 질투는 또 달랐어요. 연인이 다른 사람과 다정하게 웃는 모습을 보면, 그 웃음 속에 내가 끼지 못한다는 생각만으로 마음이 요동쳤어요. 그 순간 머릿속엔 끝도 없는 상상이 파도처럼 몰려왔죠. '혹시 저 사람에게 더 마음이 있는 건 아닐까?' 하지만 시간이 지나 깨달았어요. 그건 상대방의 문제가 아니라 내 안의 불안이 만들어낸 그림자였다는 걸요.

질투는 우리 안의 부끄러움, 열등감, 불안에서 비롯돼요. 그래서 더 숨기고 싶고, 남들에게 들키고 싶지 않은 감정이 되곤 하죠. 하지만 질투는 결코 우리를 더럽히는 감정만은 아니에요. 때로는 나의 마음을 더 깊이 들여다보게 하고, 내가 정말로 원하는 게 무엇인지 묻게 하거든요.

질투가 전혀 없는 관계는 어쩌면 무관심한 관계일지도 몰라요. 적당한 질투는 상대방을 향한 애정의 또 다른 표현이에요. 중요한 건, 그 질투를 어떻게 바라보고 품어내느냐예요. 질투를 곱씹으며 자신을 깎아내릴 수도 있고, 반대로 그 감정을 인정하고 솔직히 표현하면서 관계를 단단하게 만들 수도 있죠.

저는 이제 조금은 알 것 같아요.

질투는 나쁜 게 아니라, 내가 누군가를 사랑하고 있다는 증거라는 걸요.

사랑이 있기에 마음은 흔들리고, 흔들림 속에서 우리는 더 진실해집니다. 그 파동은 결국 관계를 단단하게 만들고, 나 자신을 조금 더 자라게 하더군요.

집착
- 붙잡을수록 멀어지는 마음

질투가 순간적으로 스쳐 지나가는 감정이라면, 집착은 그 감정이 굳어져 행동으로 이어진 모습이에요. 질투가 불씨라면, 집착은 그 불씨를 움켜쥐다 결국 손을 데는 것과 닮아 있죠.

돌이켜보면 제가 만났던 많은 연애들 속에는 늘 '집착'이라는 그림자가 드리워져 있었어요. 상대가 나를 집착했고, 때로는 제가 그들을 집착하게 만들기도 했죠. 물론 모두가 그랬던 건 아니에요. 어떤 이는 집착을 넘어, 통제와 가스라이팅에 가까운 행동을 보이기도 했으니까요.

저는 갈등을 피하고 싶어 하는 사람이었어요. "그냥 맞추고 넘어가자, 평화롭게 지내자" 하는 게 제 주의였거든요. 그러다 보니 상대방의 눈에 비친 저는 늘 '예스걸'이었고, 스스로도 그게 익숙했어요. 그런데 한 번은 오랜만에 만난 친구에게 연애 고민을 털어놓았을 때, 친구가 단호하게 말하더군요.

"송아, 그건 아니야. 네가 불합리하다고 느끼면, 분명히 아니라고 말할 줄도 알아야 해. 그래야 네 마음이 무너지지 않아."

그 말은 제 마음 한가운데에 박혔고, 약속을 마치고 돌아오는 길 내내 맴돌았어요.

그날 저녁, 남자친구를 만났을 때 저는 처음으로 "예스" 대신 "노"를 꺼냈어요. 평소 같으면 그냥 넘어갔을 사소한 문제였지만, 그날만큼은 내 뜻을 분명히 전하고 싶었거든요. 그러자 그는 잠시 생각에 잠기더니 불길한 질문을 던졌어요.

"오늘 송이 누구 만났지?"

제가 친구 이름을 말하자, 그는 표정 하나 바꾸지 않고 이렇게 말했어요.

"앞으로 그 친구 만나지 마."

그리고는 제 손을 잡고 따라하게 했어요.

"앞으로… 다시는 누구누구를 만나지 않겠습니다."

저는 얼떨결에 그 말을 따라 했지만, 등줄기로 차가운 기운이 스쳐 내려갔어요. 그건 단순한 집착이 아니라, 나를 통제하려는 또 다른 방식의 구속이었어요.

아이러니하게도, 저는 반대로 집착하는 쪽이 되기도 했어요. 여사친이 많은 남자친구와 사귈 때가 그랬어요. 자유로운 영혼 그 자체였던 그는 어느 날, 여사친과 갑자기 여행을 떠난다고 연락을 해왔어요. 그것도 "가도 돼?"가 아니라 "지금 가고 있어~"라는 가벼운 톤으로요. 애써 이해하려 했지만, 여행은 이박삼일로 길어졌고 저는 그가 돌아오기 전까지 수십 번 휴대폰을 켰다 껐다 하며 불안에 휩싸였어요. 알림음이 울릴 때마다 심장이 철렁 내려앉았고, 그의 행적을 의심하며 스스로를 괴롭혔죠. 그렇게까지 집착하는 제 모습이 낯설었고, 또 한심하게 느껴졌어요. 결국 그 관계는 오래가지 못했어요.

집착은 언뜻 사랑이 넘쳐서 생기는 것 같지만, 사실은 그 반대예요. 사랑을 잃을까 두려워서 생겨나는 감정이죠. 불안이 사람을 움켜쥐게 하고, 움켜쥔 손은 점점 더 세게 조여서 결국 상대를 질식하게 만들어요. "내 곁에 있어 줘"라는 마음이 지나쳐서, "네가 어떻게 행동해야 하는지까지 내가 정하겠다"는 간섭으로 변해버리는 거예요.

몇 번의 연애 끝에 알게 되었어요. 누군가를 붙잡는 집착은 사랑이 아니라 두려움이라는 걸요. 진짜 사랑은 상대를 내 뜻대로 움직이는 게 아니라, 내 곁에 있어 주는 그 사람을 믿고 자유까지 존중하는 데서 비롯된다는 걸요.

사랑은 움켜쥘수록 모래처럼 빠져나가고, 흘려보낼수록 의외로 오래 곁에 머무는 법이에요. 집착은 끝내 나와 상대 모두를 옥죄지만, 믿음은 관계를 숨 쉬게 만들죠.

그래서 이제는 조금씩 이렇게 말할 수 있을 것 같아요.

"나는 너를 붙잡고 싶지만, 더는 움켜쥐지 않을 거야. 네가 내 곁에 있어 주는 것만으로도 충분하니까."

직업
- 불리는 것과 존재하는 것

본가인 부산을 떠나 서울에서 살아가기 위해 반드시 넘어야 할 산이 있었어요. 바로 취업이었죠.

대학교를 졸업하자마자 일본에서 직장생활을 시작했지만 곧 코로나가 터졌어요. 금세 사라질 거라던 감기는 그렇게 쉽게 끝나지 않았고, 결국 제 일상도 무너져 내렸어요. 고열이 났을 때는 코로나가 아님에도 불구하고 집 밖을 나설 수 없었고, 병원조차 저를 받아주지 않았어요. 그때 현실의 벽 앞에서 귀국을 결심할 수밖에 없었어요.

돌아온 뒤 두 번째 직장은 일본계 호텔이었는데, 코로나 여파로 문을 닫고 말았어요. 세 번째 직장에서는 인간관계의 무거운 벽에 부딪혔죠. 연달아 외부 요인에 흔들리다 보니 '이제는 사회적 문제나 경제 상황에 휘둘리지 않고 평생 안정적인 건 무엇일까'라는 질문을 던지게 되더라고요. 답은 늘 같았어요. 병원은 절대 문을 닫지 않는다는 것, 특히 강남의 피부과들은 언제나 불빛이 꺼지지 않는다는 것이었어요. 언젠가 나도 그곳에서 일하겠구나, 막연히 그렇게 생각했죠.

호주 워킹홀리데이에서도 직업은 늘 따라붙는 고민이었어요. 저는 스스로에게 세 가지 목표를 세웠어요. 경험, 언어, 그리고 저축. 그중에서도 저축은 제게 특별했어요. 호주에서 처음으로 '돈을 모은다'는 경험을 했거든요. 한국에서는 들어오는 대로 빠져나가 버려 남는 게 없었는데, 호주에서는 달랐어요. 힘들게 번 돈이 주급으로 차곡차곡 쌓이고, 숫자가 늘어가는 걸 눈으로 확인했어요. 그건 단순한 돈이 아니라, 제 힘으로 만들어낸 성과였어요. 저축은 단순히 생활의 여유가 아니라 '직업을 통해 무엇을 얻을 수 있는가'라는 질문에 대한 새로운 대답이 되어주었어요.

돌이켜보면 그건 경제적 성취를 넘어 작은 자부심이었어요. 계획을 세우고 꾸준히 지켜내면서 쌓아올린 성취. 그때 처음 알았어요. 직업이 단순히 생존의 수단이 아니라 삶의 방향을 바꿀 힘이 될 수 있다는 것을요.

친구들과도 직업 이야기는 끊임없이 오갔어요. 어떤 친구는 백세 시대에는 평생직장이란 없다고 말했어요. 또 어떤 친구는 안정적인 직장에서 인정받았지만, 남들이 여행 다닐 때마다 "이번 프로젝트만 끝나면 나도…"라고 스스로를 달래왔다고 했죠. 누구의 말에도 고개가 끄덕여졌지만, 제 마음은 여전히 무거웠어요. 정답이 없다는 걸 알면서도, 나는 '어떤 직업을 가져야 할까'라는 질문 앞에서 서성이곤 했으니까요.

예전에는 하고 싶은 게 많아 우선순위를 정하느라 바빴는데, 언제부턴가 '하고 싶은 직업'은 점점 흐려졌어요. 좋아하는 건 여전히 많았지만, 그것들을 꼭 직업으로 삼고 싶지는 않았거든요. 무작정 취업만 반복하는 사람이 되기는 싫었어요. 하지만 현실은 냉정했어요. 어떤 방식으로든 경제활동을 멈출 수는 없었으니까요. 그래서 서울에 올라와서는 일본어 코디네이터로 일하며 우선 돈이라도 모으자고 다짐했죠.

한때 개인 사정으로 일을 쉬던 시절, 집 근처 한식당에서 홀 매니저로 일한 적이 있어요. 새로운 사람을 만나면 늘 "무슨 일 하세요?"라는 질문이 돌아왔죠. 저는 짧게 대답했어요. "홀 서빙이요." 사실 매니저라는 말로 조금 더 멋지게 포장할 수도 있었지만, 굳이 그러고 싶지 않았어요. 누군가 깎아내리기 전에 제가 먼저 내려놓는 게 더 익숙했으니까요.

한국에서는 직업이 너무 쉽게 사람의 가치를 설명해버리곤 했어요. 카페에서 바리스타로 일하면 "언제 취직할 거냐"는 질문이 따라왔고, 서비스업이라고 하면 걱정 섞인 시선을 먼저 받곤 했죠. 그런데 호주에서는 달랐어요. 직업을 물으면 명사가 아니라 동사로 대답하는 사람들이 많았거든요. 유치원 교사라면 "아이들을 돌보는 일을 해요", 환경미화원이라면 "거리를 깨끗하게 하는 일을 해요"라고 말했어요. 단순한 차이지만 그 속엔 사람을 규정하지 않는 자유로움이 있었어요.

그때 알게 되었어요. 직업이란 결국 나를 설명하는 손쉬운 꼬리표일 수도 있지만, 동시에 내가 지금 하고 있는 행동을 보여주는 말일 수도 있다는 것을요. 그 차이를 깨닫는 순간, 직업이라는 단어가 조금은 가벼워지더라고요.

직업은 여전히 제게 생존의 무기이자 사회가 저를 바라보는 창이에요. 하지만 이제는 그 창에 스스로 갇히고 싶지 않아요. 언젠가 누군가 "무슨 일 하세요?"라고 묻는다면, 이렇게 대답해보고 싶어요.

나는 그저 내가 좋아하는 방식으로 살아가고 있다고요.

어쩌면 직업은 이름이 아니라, 지금을 살아가는 하나의 동사일지 몰라요. 그렇다면 세상은 '무엇이냐'가 아니라 '어떻게 하느냐로 나뉘는 게 아닐까요. 답은 직업 속이 아니라 삶 속에 있을 거예요.

정상인
- 미쳐야만 정상이라 불리는 세상

정상인. 언제부터인가 사람들 입에 무심히 오르내리는 단어예요. "정상적으로 살아야지." "정상적인 게 좋지." 그런데 곰곰이 생각해 보면 그 '정상'이라는 게 과연 뭘까요? 사전에서는 정상인을 이렇게 정의하더라고요. "상태에 특별히 이상한 변동이나 탈이 없이 제대로인 사람." 처음엔 그저 그렇구나 하고 넘겼지만, 곱씹을수록 묘하게 웃음이 났어요. 특별히 이상한 게 없고, 눈에 띄지도 않고, 그냥 무난하게 굴러가는 사람. 결국 평균치에 맞춰 살아가는 사람이라는 뜻이잖아요.

그런데 그런 사람이 정말 있을까요? 조금은 엉뚱하고, 가끔은 예민하고, 어떤 날은 이유 없이 흔들리는 게 사람인데, 그 모든 결을 지워낸 사람이 정말 '정상'일 수 있을까요. 오히려 너무 반듯하고 티 하나 없는 모습이야말로 비현실적인 얼굴 같았어요. 세상은 점점 정상과 멀어지고 있어요. 뉴스만 켜도 믿기 힘든 사건 사고가 매일 터지고, 마음은 하루에도 몇 번씩 휘청거려요. 그러다 보면 이런 생각이 들어요. "이 세상에서 정상으로 산다는 건, 가능하기나 한 걸까."

예전에는 '정상'이라는 말이 안도감을 줬어요. 평범하게 사는 것, 큰 문제 없이 살아가는 것, 그게 행복이라고 여겼죠. 하지만 지금은 달라요. 오히려 '정상'이라는 말이 허공에 뜬 듯 공허하게 들려요. 세상 자체가 비정상적인 일들로 가득 차 있으니까요. 유튜브에는 '사회실험'이라는 이름의 영상들이 쏟아져요. 지하철에서 짐 든 노인을 돕거나, 길 위의 아이를 다독이는 장면들이 수십만, 수백만 조회 수를 기록하죠. 따뜻한 마음을 나누는 장면이지만, 사실은 너무나 당연한 일이잖아요. 그런데 그 당연한 일이 특별한 콘텐츠가 되고, 사람들에게 감동을 주는 시대. 그 자체가 얼마나 비정상적인지, 문득 서늘해지곤 했어요.

결국 정상이라는 건 사회가 씌운 또 하나의 가면 같아요. 조용히 회사 다니고, 결혼을 하고, 아이를 낳으며 살아가는 것. 그것이 '정상적인 삶'이라고 불렸죠. 하지만 지금은 그조차 흔들리고 있어요. 경제 불안정, 기후 위기, 사회 문제 속에서 전형적인 삶이 오히려 비현실적으로 보이기도 해요. 그래서인지 이런 말이 요즘 유행처럼 떠돌아요. "세상이 이렇게 미쳐 돌아가는데, 내가 제정신이면 오히려 비정상이지 않을까?" 농담 같지만, 묘하게 진심처럼 들려요. 나도 가끔은 그런 생각을 해요. 모두가 흔들리는 세상 속에서 멀쩡하게 살아가려는 게, 혹시 더 이상한 건 아닐까.

정상이라는 단어는 듣기엔 평화로워 보이지만, 실은 평균이라는 이름의 그림자일지도 몰라요. 그 그림자에 가까워질수록 나답지 않아지고, 남들 속에 묻힐수록 오히려 불편해져요. 그래서 이제는 이렇게 말하고 싶어요. "이 미쳐 돌아가는 세상 속에서 정상으로 살고 싶다면, 어쩌면 우리도 조금쯤은 미쳐야 하지 않을까." 정상이라는 이름은 더 이상 안도감이 아니라 질문이에요. 그리고 그 질문 앞에서 우리는 깨닫게 되죠. 진짜 중요한 건 '정상인'으로 보이는 게 아니라, 그저 나답게 살아남는 일이라는 걸요.

청춘
- 살아본다는 이름의 봄날

청춘(青春). 푸르름과 봄이라는 뜻을 품은 단어. 정말이지 그 말 자체가 햇살이 번지는 계절 같아요. 새싹이 파랗게 돋아나는 시절이자, 인생에서 십대 후반에서 이십대 중반을 가리키는 그 시간. 가끔은 너무 익숙한 단어인데도, 곱씹다 보면 문득 낯설게 느껴지곤 해요. 특히 한자의 뜻을 바라보고 있으면 더더욱 그렇죠. 푸르다, 봄. 그 말이 괜히 붙은 건 아니겠지요.

요즘 지인들을 만나면 습관처럼 하게 되는 말이 하나 있어요.

"단 1년이라도 좋으니 해외에서 살아봐."

누군가에겐 참견 같고, 또 누군가에겐 부담일 수 있지만, 저는 계속 그렇게 말하고 있어요. 왜냐고요?

올해 초, 한 달 동안 5개국 9개 도시를 도는 배낭여행을 다녀왔어요. 일정이 빡빡하지도 않았고, 여유 있게 짠 편이었는데도 하루하루 체력이 빠져나가는 게 느껴졌죠. 예전 같았으면 하루 종일 돌아다녀도 끄떡없었는데, 이제는 관광지 한두 군데만 둘러봐도 숙소가 그리워지더라구요. 20대 중반을 지나 20대 후반에 접어드니, 몸이 먼저 반응했어요. 슬프기도 했고, 스스로에게 체력 관리를 소홀히 했다는 자책도 들었어요. 그러다 문득 떠오른 뉴스가 있었죠. 2024년, 여성 평균 수명이 처음으로 90세를 넘었다는 기사. 남성은 86세. 저는 이제 인생의 1/3쯤을 살아온 셈이었어요. 아직 2/3나 남아 있는데, 그 오랜 시간을 여행으로만 경험한다는 게 너무 아깝게 느껴졌습니다. 살아보는 것과 잠시 둘러보는 건 분명 다른 이야기니까요.

에어비앤비의 문구, "여행은 살아보는 거야." 그 말이 유난히 깊게 와닿았던 것도 그래서였어요. 단 하루라도 낯선 문화와 언어 속에서 살아보는 것. 그건 단순한 관광 이상의 경험이더라구요. 낯선 나라에서 나를 다시 들여다보게 되고, 그 안에서 진짜 내가 좋아하는 것, 나에게 맞는 삶이 무엇인지도 조금씩 알아갔어요. 물론 누구나 해외살이를 쉽게 결정할 수 있는 건 아니죠. 커리어, 가족, 반려동물, 금전적인 조건… 고려해야 할 게 많아요. 하지만 막상 용기를 내어 떠난 사람들은, 1년 뒤 돌아와선 대부분 말하곤 해요.

"난 왜 더 일찍 살아보지 못했을까."

첫걸음을 떼는 게 가장 어렵고 두렵고 망설여지지만, 막상 지나고 나면 그 두려움은 경험이라는 이름으로 남습니다. 그리고 놀랍게도, 그 시절을 가장 그리워하게 되죠. 저 역시 처음 타지 생활을 했던 일본에서 많은 조언을 들었어요.

"견문을 넓히고 와라."

"해외는 나가본 사람만 또 나가게 된다."

돌아보니, 그 말들이 다 사실이었더라구요. 일본, 호주, 그리고 또 다른 도시들. 나라가 달라지면 내가 사는 방식도, 관계도 완전히 달라졌어요. 때로는 안 맞는 도시도 있었지만, 그것마저 내 삶에 더해진 하나의 경험으로 남았어요.

호주를 제2의 집으로 삼기 전, 절친한 친구가 장난스럽게 말했어요.

"너 호주 가면 미친 듯이 웃고 다닐 것 같아. 매일이 행복해 미칠 걸."

그 말이 귓가에 오래 맴돌았고, 결국 저는 짐을 싸고 있었어요. 저를 제일 잘 아는 친구가 그렇게까지 말할 정도라면, 행동으로 옮기지 않는 게 더 찜찜했죠. 그리고 호주에서의 그 1년은 제 인생의 페이지를 완전히 새롭게 넘겨주었어요.

그 이후로 저도 지인들에게 비슷한 말을 하곤 해요.

"너는 시드니의 붉은 노을을 보면 행복해 미칠 거야."

"너는 브리즈번에서 춤추는 할아버지를 보면 그 장면을 평생 기억할 거야."

그 말들엔, 누군가의 청춘 한 조각이 될 수 있기를 바라는 제 마음이 담겨 있어요.

호주에 있을 때도 제 나이가 적은 편은 아니었지만, 그래도 더 어릴 때 왔으면 어땠을까 싶었어요. '철없이 이것저것 다 해볼 수 있었을 텐데' 하는 아쉬움이 들더라구요. 그 '뭣도 모를 때' 해보는 것들, 그게 청춘 아닐까요?

이제 막 걷기 시작한 청춘에게 말해주고 싶어요.

지금 당장 모든 걸 던져버리진 못하더라도, 마음 한켠엔 꼭 품고 있기를요.

살아보는 청춘을요.

두 다리 튼튼할 때, 마음 뜨거울 때.

청춘은 늘 우리 곁에서 속삭이고 있죠.

조금만 더 멀리 가보자고, 한 번 더 살아보자고.

칭찬
- 칭찬은 고래를 춤추게 한다지만, 나는 멈춰버렸다

칭찬은 쉽게 주고받을 수 있는 말인 줄 알았어요. 예쁘다, 잘한다, 대단하다. 짧은 말 몇 마디로도 누군가를 웃게 할 수 있다는 건 참 멋진 일이에요. 그런데 막상 생각해보면, 스스로는 칭찬을 받고 싶어 하면서도 정작 누군가에게 진심 어린 칭찬을 건네본 적 없는 사람들이 많다는 걸 알게 됐어요. 아, 물론 자기 이익을 위해 던지는 겉치레용 칭찬은 제외예요. 분위기를 맞추거나 되돌려받기 위해 내뱉는 말이 아니라, 마음에서 우러나온 칭찬은 의외로 드물더라고요. 그걸 깨달은 건 꽤 최근이었어요.

그러고 보면 저희 친언니는 어릴 적부터 칭찬을 참 잘하곤 했어요. 제가 요리를 하면 "와, 너무 맛있어 보인다. 이런 음식은 도대체 어떻게 만든 거야?" 하고 감탄해줬어요. 설거지를 하면 "손이 어떻게 그렇게 빨라? 나보다 두 배는 빠른 것 같아. 내가 알바 사장님이면 너 너무 좋아했겠다" 하고 웃으며 말해주곤 했죠. 그 말을 들으면 괜히 기분이 좋아지고, 손에도 속도가 붙었어요. 지금 돌아보면 언니는 늘 몸은 한 발짝 뒤에 있으면서도, 먼저 따뜻한 말을 던졌던 것 같아요. 칭찬을 잘하는 것도 능력이에요. 말 한마디로 누군가를 움직이게 하고, 스스로 더 나아지고 싶게 만드는 힘. 그건 정말 멋진 영향력이라고 생각해요. 그래서인지 저도 종종 그런 사람이 되고 싶다고 생각하곤 해요.

그런데 한편으로는, 그런 말들이 저에게 돌아올 때 복잡한 감정이 들기도 해요. 특히 "착하다"는 말은 점점 듣기 불편해졌어요. 처음엔 그 말이 좋았어요. 따뜻하고, 나를 예쁘게 봐주는 말 같았거든요. 그런데 시간이 지날수록 '착하다'는 말이 저를 고립시키는 울타리처럼 느껴지기 시작했어요. 누군가와 가까워질수록 늘 따라오는 말이 있었어요.

"넌 그냥 너무 착해서 당하고만 살 것 같아."

"그런 거 다 들어주다가는 너만 손해야."

어느 날 전 룸메이트가 그러더라고요. "세상에 착하지 않은 사람은 없어. 모든 사람은 어느 정도의 악함을 가지고 있어. 그걸 교육과 환경이 제어하고 있을 뿐이지. 표현을 안 할 뿐이지, 없다고는 못 해." 그 말을 들었을 땐 고개를 끄덕였지만, 속은 이상하게 허전했어요. 아마도 '착하다'는 이유만으로 차여버린 그때가 자꾸 떠올라서였던 것 같아요.

나는 최선을 다했는데, 너무 배려해서, 너무 이해하려 해서… 그래서 오히려 부담이 되었다는 말을 들었을 때, 저는 그제야 깨달았어요. 내가 베푼 친절이 누군가에겐 숨통을 조이게 할 수도 있다는 걸요. 어른이 되어서도 저는 여전히 감정을 솔직하게 표현하지 못하고, 타인에게 '좋은 사람'으로 남기 위해 제 욕구와 소망을 억누르곤 했어요. 그게 익숙해졌고, 어쩌면 나의 미덕이라고 생각했는데, 어느 순간부터는 그게 저를 갉아먹는 칼날처럼 느껴졌어요. '착한 아이 증후군'이라는 단어를 알게 되었을 때, 저는 그 정의에 조용히 저를 겹쳐보곤 했어요. 상처를 잘 받지 않는 무던한 사람처럼 행동하지만, 사실은 아주 여린 사람. 속은 늘 무너지기 직전인데 겉으로는 아무렇지 않은 척하는 사람. 누군가에게 칭찬받고 싶은 마음과, 그 칭찬이 만들어낸 틀 속에서 버티는 마음이 늘 엇갈려 있었어요.

그래서일까요. 저는 지금도 누군가가 "너 참 착하다"고 하면 웃어버리지만, 마음 어딘가는 조용히 무거워져요. '착한 사람'이라는 말 속엔 기대와 의무가 같이 따라오니까요. 그 기대를 어길까 봐, 그 이미지에서 벗어날까 봐 제 자신을 더 눌러야 했거든요. 어떤 날엔 저조차도 저를 '착한 사람'의 틀에 가두고 있었어요. 속상해도 말 못 하고, 서운해도 괜찮은 척하고, 힘들어도 미소를 잃지 않으려 애쓰면서요. 그렇게 버티다 보면 '나는 대체 왜 이렇게 살고 있지?' 싶은 순간이 오곤 했어요.

반대로 누군가의 칭찬이 의도치 않게 상처가 되었던 순간도 있었어요. 한때 꽤 친했던 친구가 저를 향해 "넌 참 사람을 편하게 만들어"라고 했던 적이 있어요. 그때는 고마웠지만, 돌아보면 그 말 뒤에는 "그래서 나는 너한테만 말해. 다 쏟아내도 넌 괜찮을 거라 믿어"라는 뜻이 숨어 있었던 게 아닐까 싶어요. 그 사람은 가벼워졌지만, 저는 점점 더 무거워졌어요. 칭찬처럼 들리는 말들이 저를 책임지게 만들고, 의도하지 않은 역할을 계속 감당하게 만들곤 했어요.

그 이후로 저는 '칭찬'이라는 말에 더 조심스러워졌어요. 누군가를 진심으로 칭찬하고 싶을 땐, 그 말이 기대나 요구로 들리지 않도록 마음을 다듬고 단어를 고르곤 해요. 그리고 이제는 조금씩, 아주 조금씩 저 자신에게도 칭찬을 해보려 해요. 그동안 수고했다고, 그동안 말하지 않고 넘어갔지만 참 잘 견뎠다고요. 아무에게도 내색하지 않고 살아왔던 날들에 대해, 이제는 저도 고개를 끄덕여 주고 싶어요.

칭찬은 누군가의 입에서 나오는 말이기도 하지만, 스스로에게 가장 필요한 위로이기도 하더라고요. 착하다는 말보다, 너는 네 마음을 잘 들여다보는 사람 같아 라는 말을 언젠가 들을 수 있으면 좋겠어요. 진짜 저로 살아가는 일이 누군가에게는 낯설고 서툴러 보여도, 그게 틀린 건 아니라는 걸 저 자신부터 믿어주기로 했어요. 지금은 아직 조금 어색하지만, 언젠가 그 말에도 흔들리지 않는 내가 되어 있기를. 조용히, 그러나 분명히 그렇게 살아가고 싶어졌어요.

추억
- 잊힌 듯, 남아 있던 것들

인스타그램 릴스에 빠져 시간을 잊어버리곤 했어요. 오늘도 마찬가지였지요. 자야 할 시간은 훌쩍 지나 있었고, 휴대폰 화면 위에는 새벽 한 시라는 숫자가 선명하게 찍혀 있었어요. "두 시까지만 보고 자야지." 스스로와 타협하듯 약속을 하곤 했는데, 마지막 하나만 더 보자며 넘긴 영상에서 낯익은 멜로디가 흘러나왔습니다. 순간 졸음은 흔적도 없이 사라졌고, 깜빡이던 눈꺼풀은 단번에 열렸으며, 몸은 저도 모르게 이불 속에서 일어나 버렸지요.

그 노래는 예전에 제가 정말 좋아하던 팝송이었어요. 한때는 하루에도 몇 번씩 흥얼거리며, 제 세상의 일부처럼 여기던 곡이었는데 어느 순간 플레이리스트에서 사라져 버린 거예요.

분명히 좋아했는데도 기억 속에서는 희미해진 채, 바쁜 일상과 함께 묻혀 있던 노래였지요. 오랫동안 듣지 못해 잊었다고 생각했는데, 이렇게 불현듯 눈앞에 나타나다니. 저는 얼른 핸드폰을 붙잡고 그 노래를 다시 플레이리스트에 담았습니다. 마치 길을 걷다 뜻밖의 골목에서 오랫동안 잃어버린 물건을 발견한 듯한 기분이었어요. 반가움과 안도감, 그리고 묘한 설렘이 동시에 밀려왔습니다.

그 노래는 제 '18번 노래'였어요. 그렇다고 해서 가사 전체를 다 알았던 건 아니에요. 사실 가장 유명한 한두 줄만 따라 부를 수 있었을 뿐이었지요. 그래도 그 시절의 저는 노트를 펼쳐 영어 가사 한 줄, 한국어 해석 한 줄을 번갈아 적으며 공부하듯 곱씹곤 했습니다. 정확하지도 않았고 발음도 어설펐지만, 그 순간만큼은 제가 그 노래의 주인공이 된 듯한 착각 속에 빠져들곤 했지요. 어쩌면 그 어설픔조차도 그때의 열정과 순수함을 증명하는 흔적 같았어요.

다시 들으니, 참 반가웠습니다. 즐겨 듣던 노래를 우연히 재회하는 건 오래된 편지를 서랍 속에서 발견하는 일과 닮아 있었어요. 이미 잊었다고 생각했지만, 사실은 마음 한구석에 고스란히 남아 있던 그 시절의 기억이 음악을 통해 되살아난 것이었죠. 그 노래를 흥얼거리던 시절의 저까지 함께 떠오르더라고요. 설레면서도 불안했고, 하고 싶은 건 많지만 방법을 몰라 우왕좌왕하던 나. 그 모습이 조금은 그리웠고, 그래서 더 반가웠는지도 몰라요.

추억은 참 신기한 얼굴을 하고 있어요. 어떤 물건이나 향기, 혹은 노래 같은 사소한 자극에 불쑥 찾아와요. 그리고 생각지도 못한 감정을 몰고 오지요. 그날의 공기, 그때 바라보던 하늘, 그 시절 품고 있던 고민과 설렘까지 함께 데려와요. 그래서 추억은 결코 혼자가 아니에요. 과거의 내가 동행처럼 따라와 현재의 나를 마주 보게 하니까요.

그 순간 깨달았어요. 내가 반가워한 건 단순히 한 곡의 노래가 아니었다는 걸요. 그 노래 안에서 여전히 살아 있던 '나 자신'을 다시 만났던 거였어요. 잊었다고 생각했지만 사실은 잊히지 않았던 나의 조각들, 청춘의 한 부분을 다시 확인하는 일이었죠. 그래서 반가움은 더 컸고, 그 순간은 더 특별하게 다가왔습니다.

그날 새벽, 저는 결국 만족스러웠어요. 그 노래 하나를 다시 플레이리스트에 담아둔 것만으로도 충분했거든요. 음악이 돌아온 게 아니라, 그때의 제가 제 곁으로 돌아온 것 같았으니까요. 마치 잃어버린 보물을 되찾은 사람처럼, 오래도록 간직하고 싶다는 마음이 생겼습니다.

그래서 다짐했어요. 다시는 놓치지 않겠다고요. 하지만 어쩌면 추억은, 애써 붙잡지 않아도 늘 저만의 순간에 불쑥 찾아와 주는지도 모르겠어요. 내가 원할 때가 아니라, 새벽의 어느 조각처럼 불현듯 나타나 마음을 흔드는 것.

언젠가 또 새벽 두 시 반쯤, 무심히 흘러나오는 음악 한 곡이 나를 그때의 나에게 데려다 줄지도 몰라요. 그 순간이 찾아온다면 굳이 붙잡지 않아도 괜찮겠지요. 이미 내 안에 살아 있는 나의 조각이, 노래를 따라 다시 웃고 있을 테니까요.

트라우마
- 트라우마는 극복이 아닌 동행

호주 워킹홀리데이를 떠나기 전, 서울에서 첫 회사를 그만두고 성수동의 한식 레스토랑에서 아르바이트를 했어요. 그 무렵 저는 전 직장 대표의 직장 내 성희롱 사건으로 고소 절차를 진행 중이었죠. 사건이 길어질수록 마음은 점점 지쳐가고, 일상의 모든 순간이 무겁게 느껴졌습니다.

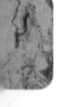

어느 날, 레스토랑에 대표와 닮은 사람이 들어왔고, 그 모습에 놀라 숨은 적이 있어요. 순간 숨이 턱 막히며 가슴이 쿵쿵 뛰었고, 손에는 땀이 차오르며 온몸이 얼어붙듯 굳어버렸습니다. 결국 다른 사람이었지만, 그 짧은 순간조차도 오래된 상처가 되살아나 제 몸을 움켜쥐는 듯했어요. 그때 느꼈던 두려움과 당혹스러움은 지금도 생생하게 떠오릅니다.

호주에서도 비슷한 일이 있었어요. 카페에서 일할 때 새로운 바리스타가 트레이닝을 받으러 왔는데, 그 사람은 대표와 나이대도 비슷했고, 말투와 태도, 외모까지 많이 닮아 있었죠. 이유도 모르겠는데 그 사람을 보자마자 불편함이 확 올라왔어요. 눈길을 돌리려 해도 시선이 자꾸 그 사람에게 머물렀고, 몸은 저도 모르게 경직됐습니다. 트레이닝을 마치고 집에 돌아왔을 땐 감기처럼 몸이 으슬으슬했고, 아무것도 하지 못한 채 하루 종일 잠만 잤습니다. 다음 날, 그 바리스타가 혼자 처음 근무하던 날이었는데, 가게에서 모르는 부분이 있어 전화를 여러 번 해왔습니다. 단순한 업무상의 연락이었지만, 그 끈질긴 느낌마저 대표를 떠올리게 했고, 어느 순간부터 그 사람을 마주할 때마다 저도 모르게 어깨가 움츠러들었어요.

그때부터 저 자신에게 화살을 돌리기 시작했어요. '내가 너무 예민한 건가? 내가 이상한 건가?' 스스로를 끝없이 의심했고, 그 의심이 쌓일수록 나 자신이 싫어졌습니다. 억울하고 속상했지만, 결국 마음속에서 "시간이 해결해주겠지"라며 스스로를 다독이며 하루하루를 버텼습니다. 하지만 마음속 깊은 곳에서는 패배감 같은 게 자꾸 고개를 들었어요. 마치 그 사람뿐 아니라, 그 나이대의 남성들, 그 직위에 있는 사람들 모두에게 진 것 같은 기분이 들었죠. 평소 "자존감이 높다"는 이야기를 자주 들던 저였기에, 그 감정은 더 견디기 힘들었어요.

고소 절차를 진행하던 당시, 같이 살던 룸메이트가 출근한 뒤 혼자 남은 방에서 온종일 누워 있곤 했어요. 평소에 저는 아무것도 하지 않는 시간을 너무 아까워했거든요. 그래서 그렇게 의미 없이 흘러가는 순간들이 괜히 더 초조했고, '지금 내가 뭔가 하지 않으면 안 된다'는 강박이 목을 조여오곤 했습니다. 하지만 무기력이 늘 그 마음보다 앞서 있었어요. 결국 그 불안과 무기력 사이에서 버티다, 증거물로 모아 두었던 대표의 고백이 담긴 녹음본을 하나하나 들으며 글을 쓰기 시작했습니다. 이어폰 너머로 들려오는 대표의 말들은 또렷했습니다.

"진심으로 좋아한다."

"나 곧 이혼할 거다."

"나의 어떤 점이 싫냐."

"내 아이랑 같이 살아줄 수 없겠냐."

그 목소리는 마치 고백 같으면서도 동시에 압박에 가까웠습니다. 말 하나하나가 날카롭게 꽂혀 들어왔고, 기록을 위해 반복해서 들을수록 제 몸은 점점 굳어갔습니다. 심장은 빠르게 뛰었고, 귀는 뜨겁게 달아올랐습니다. 그저 '증거를 남겨야 한 다'는 생각으로 버텼지만, 지금 다시 떠올려도 그 순간의 불편 함과 모멸감은 쉽게 사라지지 않아요.

그 시절, 서점에 가면 성희롱 관련 책이 꽂힌 코너 앞에서 한 동안 서 있던 기억이 납니다. 서점은 그렇게나 넓고 책은 끝없 이 많은데, 성희롱이나 성 관련 문제를 다룬 책장은 왜 이리 작 고 쓸쓸해 보였는지요. 적막하게 놓인 몇 권의 책 앞에 서 있으 면, '왜 우리의 이야기는 이렇게 적을까' 하는 허무함과 쓸쓸함 이 밀려오곤 했어요.

그 무렵 저를 만난 사람이라면, 제 안에 가득 차 있던 분노를 고스란히 느낄 수 있었을 거예요. 때로는 살짝 남혐적인 태도 가 스며나올 정도였죠. 억울했고, 분노했고, 세상에 대해 날 선 시선을 거두기 힘들었어요. 사람들을 마주하면서도 쉽게 웃을 수 없었고, 말끝마다 경계심이 묻어나오곤 했습니다.

그래도 시간이 흐르면서, 마음은 조금씩 편안해졌습니다. 마 치 두 번 다시 경험하고 싶지 않은 악몽을 꾼 것처럼, 아픔이 완전히 사라진 건 아니지만 숨 쉴 틈이 생겼어요. 상처는 여전 히 남아 있지만, 그 위에 새살이 오르듯 천천히 회복 중이라는 걸 느껴요. 여전히 대표를 떠올리면 마음이 푹 가라앉습니다.

아마 죽는 순간까지도 떠올리고 싶지 않은 사람 중 하나일 거예요. 하지만 이제는 그 감정에 휘둘리기보다는, 있는 그대로 인정하려고 해요.

트라우마는 극복하지 못했다고 해서 실패한 게 아니니까요. 그것에는 정해진 기한이 없고, 누구에게 보여주지 않아도 되는 싸움이니까요. 예전에는 그런 경계심 따위 없던 나였는데, 지금은 평범한 말투에도 괜히 움찔하고, 친절한 사람을 보면서도 '혹시 또?'라는 생각이 먼저 들어요. 그런 나를 보며 "내가 성숙해진 걸까, 아니면 단지 상처 입은 걸까"라는 질문이 머릿속을 맴돌아요. 그래도 그 모든 혼란 속에서, 나는 오늘도 나를 잃지 않고 살아가고 있어요.

누군가는 "네가 아무것도 아니라고 생각하면 아무것도 아니야"라는 드라마 속 대사를 들려주기도 했어요. 그 말처럼, 결국 의미를 부여하는 건 나 자신이겠죠. 트라우마를 경험한 나는 약한 사람이 아니라, 다만 조금 더 시간이 필요한 사람일 뿐이에요.

그래서 오늘도 나를 향해 조용히 말해봅니다. 괜찮다고, 충분히 잘 버티고 있다고. 나는 아직도 회복 중이고, 그 사실을 인정하는 것만으로도 이미 단단해지고 있다고요. 그리고 언젠가

이 모든 시간이 지난 뒤, 나의 이야기가 또 다른 누군가에게 작은 위로가 되기를, 그 마음으로 하루를 마무리합니다.

평범함
- 결국은 행복이라 불리는 날들

평범한 일상만큼 행복한 일이 없다는 사실을, 저는 아주 뼈저리게 깨닫곤 했어요. 누군가에게는 지루하고 답답하게 느껴지는 하루가, 또 다른 누군가에게는 그저 간절히 바라는 전부일 수 있더라구요.

저 역시 한동안은 그 '평범함'이 답답하게만 느껴졌어요. 매일 같은 길로 출근하고, 같은 메뉴로 점심을 먹고, 같은 시간에 퇴근해서 집으로 돌아가는 단조로운 삶. 늘 비슷한 하루 속에서 '이게 다일까?'라는 질문을 스스로에게 던지곤 했죠. 그래서 더 큰 자극, 더 강렬한 도파민을 찾아 헤매곤 했어요. 친구들과의 술자리, 새로운 취미, 무언가 특별해 보이는 경험들이 그 답일 거라 믿었어요.

그런데 삶은 늘 예고 없이 무너지는 순간을 데려오곤 합니다. 직장 내 성희롱 사건이 그랬어요. 그 일로 제 삶은 하루아침에 크게 흔들렸고, 그제야 알게 되었어요. 아무 일 없는 하루가 사실은 얼마나 큰 선물이었는지를.

그때, 가장 가까웠던 사람에게 마음을 털어놓을 용기를 냈어요. 사실 어떤 대답을 바랐는지도 모르겠어요. 다만 '많이 힘들었겠다, 이제 괜찮아질 거야'라는 따뜻한 위로 한마디면 충분했을 거예요. 하지만 돌아온 말은 차가웠어요. "너 꽁 잡은 거야. 그런 놈들은 합의금으로 혼내줘야지." 마치 제 고통이 돈벌이 수단으로만 치환되는 듯한 그 말은, 제 마음을 산산이 부숴버렸어요. 그리고 얼마 지나지 않아, 가장 가까웠다고 믿었던 이마저도 내 곁에서 서서히 자취를 감추었죠. 저는 다시 한번 깊은 상실 속에 홀로 남겨지곤 했어요.

그 뒤로였어요. 심지어 내 사람이라고 믿었던 이에게조차 함부로 꺼내서는 안 되는 이야기들이 있다는 걸, 그때 처음 알게 되었어요. 속으로는 무너져가면서도 겉으로는 괜찮은 척 웃어야만 했죠. 그래서 스스로에게 주문처럼 되뇌곤 했어요. "시간이 약이야. 다 괜찮아질 거야." 그 말은 때로는 허무한 자기위안 같았지만, 동시에 제가 하루를 버티게 해주는 유일한 부적이기도 했어요.

  그 시절의 저는 어두움에 잠식되어 있었어요. 평범한 하루의
소소한 기쁨조차 사치처럼 느껴졌죠. 친구들과의 작은 만남,
카페에서 마시는 커피 한 잔, 저녁 산책 같은 평범한 일들이 오
히려 아깝다고 생각했어요. 당장 눈앞에 닥친 문제를 해결하
는 것도 벅찬데, 어떻게 여유를 누리겠냐며 스스로를 몰아세
웠어요. 지금 생각하면, 그때 저는 삶을 사는 법을 완전히 잊어
버렸던 것 같아요.

  그렇게 몇 달을 버티고 흘려보낸 끝에, 운 좋게도 좋은 사람
을 만나게 되었어요. 별다른 이벤트가 있는 것도 아니었고, 특
별한 상황이 벌어진 것도 아니었어요. 단지 함께 밥을 먹고, 카
페에 가고, 소소한 대화를 나누는 평범한 일상이 전부였어요.
그런데 그 순간들이 저를 살려주곤 했어요. 어깨를 기대어도
된다는 안도감, 웃으며 이야기를 나눌 수 있다는 사실, 그리고
아무렇지 않게 하루를 공유할 수 있다는 당연함이 저에게는
눈물이 날 만큼 소중했어요.

  그때 알게 되었어요. 누군가에게는 지루한 일상이, 다른 누군
가에게는 절실하게 그리던 평화일 수 있다는 걸요. 평범함은
결코 지루함의 다른 이름이 아니었어요. 오히려 폭풍 같은 시

간을 지나고 나서야 비로소 도착할 수 있는 가장 단단한 안식처였어요.

이제는 알 것 같아요. 평범한 하루가 얼마나 귀하고, 또 얼마나 큰 행복인지요. 별다른 소식이 없다는 게 오히려 가장 좋은 소식일 때가 있다는 것도 깨달았어요. 무소식이 희소식이라는 말, 그 말이 제 삶 안에서 완전히 이해되기 시작했어요. 평범한 하루는 사실 그 자체로 기념일 같은 날이더라구요. 매일을 특별한 날처럼 살아내고, 스스로를 돌보고, 소중한 사람을 챙기며, 그냥 흘러가는 하루를 더 깊게 느끼며 사는 것. 그것이야말로 제가 찾던 진짜 행복이었어요.

그러니 저는 이제, 이렇게 말하고 싶어요.

사람이 바라는 가장 큰 행복은 결국 화려함이 아니라, 조용히 숨 쉬듯 흘러가는 평범한 날들이라고.

저는 그 평범함 속에서 살아가고 있다고.

그리고 그 하루하루가, 제 인생에서 가장 특별한 기념일이라고요.

헤어짐
- 끝이 아닌, 다른 모양의 연결

해외에 살다 보면, 특히 워킹홀리데이일 때는 새로운 만남과 갑작스러운 이별에 무방비로 노출될 수밖에 없어요. 호주에서 지내던 당시, 일주일 단위로 이어지던 이별 파티와 환영 파티가 내 일상의 일부였어요. 누군가 떠나면 또 다른 누군가가 들어왔고, 헤어짐 뒤에는 새로운 만남이 기다리고 있었죠. 매주 누군가를 웃으며 배웅하다 보니, '헤어짐'이란 단어는 더 이상 특별하지 않고, 일종의 일상처럼 느껴지기도 했어요. 그럼에도 불구하고, 그 순간마다 가슴 깊은 곳에서는 작은 공허감이 일어났어요.

낯선 땅에서 친구라는 이름으로 연결된 사람들이라 더 그랬던 것 같아요. 언어와 문화가 다른 곳에서 만난 인연은 더욱 빨리 친해졌고, 그래서 헤어짐은 더 진하게 다가왔어요. 공항에서, 숙소 앞에서, 혹은 버스터미널에서 마지막으로 손을 흔들던 순간들이 아직도 선명해요. 그때는 아쉬움 속에서도 언젠가 다시 웃으며 만날 거라는 막연한 믿음을 품곤 했어요. "See you again!"이라는 인사가 진심인지 의례적인 인사인지 알 수 없었지만, 그 말을 건네는 순간만큼은 진심이었어요. 헤어짐이 늘 끝은 아니고, 어쩌면 다시 시작의 모양일지도 모른다고 스스로 위로하며 지냈던 거죠.

헤어짐에도 여러 종류가 있다는 걸 시간이 지나며 알게 되었어요. 최근에는 꽤 오래 사귀었던 친구와 관계가 정리되었어요. 크게 다툰 것도, 원수처럼 등을 돌린 것도 아니었지만, 그와의 관계는 어느 순간 조용히 끝이 나버렸어요. 누군가가 '끝내자'고 말하지 않아도 관계는 저절로 흐려지고, 또 그렇게 사라지곤 하잖아요. 한때는 매일 연락하고 부모님보다 더 자주 내 일상을 공유했던 사이였는데, 이제는 그저 미워하지도 않고 그렇다고 막 응원하지도 않는, 그저 한때 즐거웠던 시절의 짝꿍 정도로 마음속에 남아 있어요. 다시 돌아가고 싶다는 마음은 없지만, 그래도 후회 없는 연애였다고, 충분히 함께했던 시간이었다고 기억되는 거죠. 아마도 대부분의 사람들이 옛 연인이나 가까웠던 사람과 헤어지고 나면 남게 되는, 담담하지만 은근한 여운이랄까요.

예전 같으면 그의 실수를 들었을 때 화가 나거나, 성공 소식을 들었을 때 질투 섞인 감정을 느꼈을지도 몰라요. 그런데 지금은 달라요. 그가 성공했다는 소식을 들으면 '잘했네, 역시 너다운걸' 하고 웃어 넘기고, 반대로 실수했다는 이야기를 들으면 '그럴 줄 알았어, 좀 더 잘하지' 하고 씁쓸하게 중얼거릴지도 모르겠어요. 이상하게도 미움만 남지는 않았어요. 약간의 애증이 여전히 남아, 그가 내게 한때 소중했던 사람이라는 사실을 지워버리지는 못하는 거죠. 다만 이제는 관계의 정리를 확실히 하고 나니, 오히려 나 자신을 대할 때도 입장 정리가 쉬워졌어요. 어쩐지 홀가분해진 마음으로 그를 바라볼 수 있게 되었달까요. 헤어짐은 단절이라기보다, 관계의 모양이 달라진 것 같다는 생각이 들어요.

연인과의 이별은 또 다른 빛깔을 남겼어요. 연애를 할 때는 하루의 대부분을 함께 나누는 존재였고, 모든 감정을 함께 느낀 사람이었어요. 그래서 헤어짐은 언제나 너무 커다랗게 다가왔죠. 전 남자친구들은 헤어짐의 순간은 날카롭게 다가왔지만, 시간이 지나면 오히려 가장 친밀했던 '베스트 프렌드' 같은 기억으로 남곤 했어요. 화려했던 순간도, 서운했던 순간도 결국에는 한 사람의 전체가 되어 내 삶에 자리했어요.

문득 예전 사진을 보다가 그때의 웃음을 마주하면, '저 시절의 나는 저런 표정을 지을 수 있었구나' 하는 생각에 잠기곤 해요. 그러다 보면 그와 함께했던 시간까지도 하나의 풍경처럼 떠오르죠. 그래서 이상하게도, 증오만 남기지는 못했어요. 분명 아쉬움은 남는데도, 그마저도 함께했던 시간의 증거라 여겨서일까요. 누군가는 '미련'이라고 부를지 몰라도, 나는 그게 단순한 미련은 아니라고 생각해요. 그저 한때의 나를 함께 만든 사람이었다는 흔적일 뿐이죠.

헤어짐을 겪을 때마다 느껴요. 우리는 누군가와의 관계를 끊어낸다기보다, 다만 그 관계의 형태가 변하는 것일지도 모른다고요. 친구와는 연락의 횟수가 줄어들고, 연인과는 그리움이 다른 방식으로 남으며, 워킹홀리데이에서 만난 사람들은 다시 만날 수 없더라도 마음 한켠에서 작은 온기로 남아 있어요.

어쩌면 헤어짐은 사라짐이 아니라 다른 모양의 연결인지도 몰라요. 눈앞에서 멀어질 뿐, 마음에서 완전히 지워지지 않는 것. 언젠가 나를 스쳐 지나간 이들이 있어 지금의 내가 있고, 그 모든 흔적이 내 안에 층층이 쌓여 있는 거예요. 그래서 이별은 끝이라기보다, 조금 다른 이름으로 기억되는 시작 같아요.

그리고 나는 오늘도 누군가와 웃으며 만나고, 또 언젠가의 이별을 향해 걸어가곤 하겠지요. 언젠가 떠나간 얼굴들이 내 안에 남아 나를 단단하게 지켜주듯이, 앞으로 다가올 이별 또한 또 다른 모양의 연결로 내 곁에 머물게 되겠지요. 결국 헤어짐은 나를 무너뜨리는 것이 아니라, 다시 살아가게 하는 힘이 되어주곤 해요.

행복
- 행복은 몇 초면 충분할지도 몰라요

행복이라는 감정은 늘 거창해야만 할까요? 어릴 적엔 그렇게 믿곤 했어요. 좋은 대학, 멋진 직업, 사랑받는 연애, 따뜻한 가족까지. 그래야 비로소 '행복하다'고 말할 수 있다고 생각했죠. 하지만 시간이 지나고, 살아내는 하루하루가 겹겹이 쌓이면서 알게 되었어요. 행복은 생각보다 아주 짧고, 어쩌면 단순한 감정일지도 모른다는 걸요.

'피크엔드 법칙(Peak-End Rule)'이라는 개념을 처음 들었을 때, 이상하리만큼 납득이 되었어요. 사람은 어떤 경험을 기억할 때 전체가 아닌, 가장 강렬했던 순간(피크)과 마지막 순간(엔드)만을 가지고 전체를 판단한다는 심리학 법칙이죠. 예컨대 여행이 그랬어요. 비가 오고, 일정이 틀어지고, 음식이 별로

였던 날들 사이에도 단 하루, 날씨가 맑고 햇살이 예뻤던 날, 그 순간에 찍은 사진 한 장이 그 여행을 '좋은 추억'으로 둔갑시켰던 기억. 그건 분명히 피크였어요. 반대로 마지막 날에 누군가 다투거나 짐이 분실되는 불편이 있었다면, 그 또한 전체를 덮는 '엔드'가 되어버렸겠죠.

그 법칙은 어느 날 내 하루 속에서도 고개를 들었어요. 전날 4시간도 채 자지 못한 채 출근했던 새벽 지하철, 한 외국인 아저씨가 퉁명스럽게 "비켜" 하는 손짓을 했고, 말은 통하지 않아도 그 표정 하나로 마음이 쿡 하고 찔렸던 날이었죠. 하루 종일 예민하고 지친 채 퇴근길에 올랐는데, 그날따라 평소처럼 말썽부리던 에어팟이 양쪽 한 번에 '딱' 하고 연결되었을 때. 너무 사소한 순간이었는데, 그 2초가 어쩐지 이상하게 행복했어요. 하루의 대부분은 피곤하고 서운했는데, 그 작은 연결음 하나에 마음이 풀어졌고, 그게 그날의 피크가 되어버렸어요. 그날 집에 도착해서 씻고 나와 물 한 잔을 마실 때, 아무 일도 일어나지 않았지만 '이 하루, 나쁘지 않았네' 싶은 기분이 들었고, 그게 엔드였어요. 그렇게 별것 없던 하루가 나중엔 좋았던 하루로 기억되었죠.

행복이 꼭 커다란 성취여야 할까요? 누구에게 말할 수 있는 대단한 사건이어야 할까요? 저는 이제는 그렇게 생각하지 않아요. 행복은 때로 "그냥 좋아서 좋은" 순간이에요.

시드니에 머물던 어느 날 아침이 떠올라요. 평생 한국에서 일출을 본 적도 없던 제가 시드니에서는 이상하게도 새벽마다 눈이 떠졌어요. 해가 떠오르는 바다를 보며 수영을 했고, 온 세상이 조용한 그 순간, 나는 무슨 생각을 했을까요? 눈이 부셔 찡그리면서도 끝까지 해를 마주하고 싶었던 이유, 누구의 말도 들리지 않던 그 고요한 새벽이 제가 스스로와 친해진 시간이었음을 나중에서야 깨달았어요. "나는 이런 걸 좋아했구나." "나는 혼자 있는 시간이 꼭 필요했구나." "나는 괜찮은 척하느라 참 오래도 버텼구나." 그렇게 나는 나를 조금 더 이해하게 되었어요. 그 순간이 피크였고, 따뜻한 수건으로 몸을 감싸 안았던 시간이 엔드였어요. 그날은, 저에게 아주 행복한 하루로 남아 있어요.

행복은 어쩌면 이렇게 짧은 순간만으로도 충분할 수 있어요. 그 순간을 제대로 느낄 수 있다면. 그래서 저는 오늘도 나에게 조용히 묻습니다. "오늘의 피크는 무엇이었지?" "오늘의 엔드는 어떤 기분으로 끝났지?" 그리고 아주 작은 웃음 하나라도 떠올릴 수 있다면, 그 하루는 충분히 괜찮은 하루였다고, 행복했던 날로 기억해도 좋겠지요.

행복은 순간이에요. 그걸 기억하는 방법이 피크엔드 법칙일 뿐이에요. 우리의 하루가 아무리 평범해도, 그 하루 안에 단 몇 초라도 가슴이 뛰었다면, 미소가 번졌다면, 그건 분명 좋은 날이지 않을까요? ☺

회피
– 다정한 회피는 때로 나를 지켜줬어요

어떤 일이 벌어지면, 그 일이 너무 복잡하고 무겁게 느껴질 땐 애써 모른 척하곤 했어요. 마음 한구석에 찜찜함이 남아 있어도, 그 감정조차 똑바로 마주하지 못하고 회피해버리곤 했죠. "나중에 생각하자", "조금만 지나면 괜찮아지겠지" 같은 말로 마음을 덮어두며 살아왔어요. 언제부터였는지는 모르겠어요. 아니, 어쩌면 처음부터 나는 그런 사람이었는지도 모르겠다고 생각하곤 했어요.

사랑을 했고, 이별을 했어요. 그런데 이상하게도 이별의 순간만 되면 마음을 꺼내지 못하곤 했어요. 사랑할 땐 모든 마음을 다 보여주면서도, 이별이 다가오면 그 아픔조차도 제대로 마주하지 못했죠. 외면하고, 감추고, 그러다 덮어버리곤 했어요.

누군가는 그런 저를 보고 '회피형'이라고 말하더라고요. 아마 맞는 말일 거예요. 저는 좋은 일 앞에서는 솔직했지만, 곤란하거나 무거운 감정 앞에서는 도망치는 습관이 있었거든요.

서울에 올라온 이후, 정말 오랜만에 마음이 잘 맞는 사람을 만났어요. 짧은 시간이었지만 꽤 진지하게 마음을 줬던 사람이었고, 부모님께도 조심스레 얘기할 만큼 진심이었어요. 오랜만에 누군가에게 제 마음을 내어준 느낌이었죠. 그런데 결국 우리는 헤어졌어요. 이유는 '성향이 너무 달라서'였고, '네가 너무 착해서 답답하다'는 말도 들었어요. 그 사람은 제가 왜 그렇게 말 한마디를 못 꺼내냐며 답답해하곤 했죠. 그 얘기를 들으면서 저는 '내가 똑 부러지지 못해서 그런가', '왜 나는 아직도 이렇게 선택을 어려워하는 걸까' 하며 자꾸만 스스로를 탓하게 되었어요.

그 무렵 저는 퇴사 문제로도 꽤 깊은 고민을 하고 있었는데, 그 고민을 그 사람에게 털어놓았더니 오히려 왜 이제 말하냐며 한숨을 쉬더라고요. 위로는 커녕, 더는 말할 수 없게 만드는 반응이었어요. 헤어질 무렵엔 그런 제 모습이 점점 더 멀어지게 만든 이유가 되었다고 말했죠. 그 이야기를 듣고 저는 더 작아졌어요. '내가 좀 더 분명하게 말할 수 있었다면 달라졌을까?' 하며, 제 성격을 뜯어고치려 하기도 했어요.

그러던 어느 날, 직장 상사와 대화를 나누다가 조심스레 이별 이야기를 꺼냈더니 상사가 조용히 말했어요. "송이 씨가 어렵게 고민하다가 꺼낸 얘기였는데, 그걸 위로해주기보다 답답하다고 혼내는 거면… 잘 헤어진 거예요. 그건 성격의 문제가 아니라 맞지 않았던 거예요." 처음엔 낯설었지만, 이상하게도 마음 한구석이 따뜻해졌어요. 그제야 깨달았어요. 제가 잘못된 게 아니라, 그냥 그 사람과는 맞지 않았던 거라고요.

저는 그동안 '내 성향이 이별의 이유였다'고만 생각하며 저를 자꾸 고치려 했어요. 좀 더 똑 부러지고, 정리된 사람이 되어야 누군가에게 사랑받을 수 있을 거라고 믿었죠. 하지만 그날 이후로는 조금 생각이 달라졌어요. 그가 저를 답답하다고 느꼈다면, 저 역시 그의 방식이 벅찼던 걸지도 모르겠다고요. 그렇게 말해준 그 사람 덕분에, 저도 마침내 '맞지 않는 관계가 있다는 걸' 인정하게 되었어요.

회피는 때로 비겁함처럼 보이기도 하지만, 어떤 날엔 나를 지키기 위한 본능처럼 느껴지기도 했어요. 말하지 않음으로써 덜 상처받고, 외면함으로써 덜 흔들릴 수 있었으니까요. 물론 그게 모든 걸 해결해주진 못했어요. 오히려 외면한 만큼 더 오래 가슴속에 남았고, 말하지 않은 감정은 자꾸만 쌓여서 나중에는 더 크고 낯설게 저를 찾아오곤 했어요.

그래서 요즘엔 생각해요. 저는 회피하는 사람이지만, 그래도 마주하고 싶은 마음도 있다는 걸요. 아주 조금씩, 아주 천천히 내 감정을 들여다보는 연습을 하고 있어요. 때로는 서툴게, 때로는 오래 걸리더라도요. 사랑을 할 때도, 이별을 할 때도, 저는 더 이상 무조건 도망치고 싶진 않았어요. 감정이라는 건 억지로 밀어내기보다, 조용히 들여다보아야 사라지는 거라는 걸 이제는 알게 되었어요.

저는 아직도 누군가 앞에 서면, 하고 싶은 말을 망설이다가 기회를 놓치곤 해요. 그 말이 상처가 될까 봐, 혹은 저조차도 제 마음이 정리되지 않아서 아무 말도 못 하고 머뭇거리죠. 그럴 땐 여전히 스스로에게 실망하곤 해요. 하지만 이제는 그런 저를 조금은 이해해보려고 해요. 저는 그냥 조금 느린 사람일 뿐이라고요. 감정 앞에서 말이 늦어지는 사람일 뿐이라고요.

그래서 이젠 단정하고 싶지 않아요. 회피하는 제가 나쁜 것도 아니고, 느린 제가 부족한 것도 아니에요. 저는 그저, 제 감정에 책임지기 위해 오래 생각하는 사람이고, 한 번 내뱉은 말에 진심을 담고 싶은 사람이에요.

언젠가는 회피하지 않고도, 누군가에게 따뜻하게 제 마음을 말할 수 있는 사람이 되고 싶어요. 그게 조금 서툴더라도, 제 방식대로 진심을 다하는 사람이요. 지금은 아직 연습 중이에요. 때로는 무너졌다가, 때로는 다시 일어서면서, 그렇게 하나씩 저를 알아가고 있어요. 조급해하지 않고, 스스로를 다그치지 않으면서요.

그렇게 조금씩, 피하지 않고 마주하는 연습을 해가고 있어요. 매일은 아니어도, 어느 날엔 조금 더 용기 내는 제가 되기를 바라고 있어요. 그리고 언젠가, 지금의 저를 돌아보며 이렇게 말할 수 있기를 바라요.

"그땐 많이 도망쳤지만, 그래도 결국 나는 나를 포기하지 않았다고."

그때는 몰랐고 지금은 조금 아는 마음

살다 보면 이유를 알 수 없는 순간들이 많았어요.

왜 나에게 이런 일이 일어났는지,

왜 나는 그렇게밖에 하지 못했는지.

정답을 찾으려 애쓸수록

삶은 더 복잡해졌던 것 같아요.

때로는 아무 대답도 없는 것이

가장 큰 대답처럼 느껴지기도 했습니다.

이 책을 쓰는 동안,

나는 나의 일상과 감정을 오래 들여다보았어요.

행복했던 순간도 있었지만,

그보다 더 많은 흔들림과 질문들이 함께였죠.

사람과의 관계 속에서 다투고,

웃고,

다시 돌아오기를 반복했습니다.

후회하면서도 같은 길을 걷곤 했지만,

그조차도 나라는 사람을 이루는 한 부분이었겠지요.

결국 남는 말은 단순했어요.

"그냥 그렇다고."

그 말은 체념이 아니라,

삶을 있는 그대로 받아들이는 방식 같았습니다.

사랑받은 날도,

외로웠던 날도.

그저 그렇게 내 인생을 채워온 조각들이었어요.

삶이 꼭 특별해야만 빛나는 건 아니에요.

평범한 하루가,

아무렇지 않게 지나간 순간이

가장 오래 마음에 남기도 하니까요.

프롤로그에서 나는 스스로에게 물었습니다.

"나의 인생은 충분했을까?"

그리고 에필로그에 와서야,

이렇게 답할 수 있을 것 같아요.

충분하지 않아도 괜찮다고.

완벽하지 않아도 괜찮다고.

그저 흘러가듯 살아가는 것,

그게 삶이라는 거죠.

책장을 덮는 이 순간,

나는 여전히 확실한 답을 알지 못합니다.

다만 이 한마디만은 오래 간직하고 싶습니다.

그냥 그렇다고.

그리고 나는 살아간다고.

책장을 덮고 난 뒤에도, 당신 마음속 단어 하나가 오래 남기

를 바랍니다. ☺

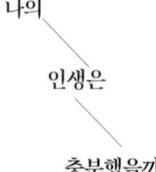

나의

인생은

충분했을까

초 판 1 쇄 2026년 1월 15일
지 은 이 이송이
펴 낸 곳 하모니북
펴 낸 이 박화목

출판등록 2018년 5월 2일 제 2018-0000-68호
이 메 일 harmony.book1@gmail.com
홈페이지 harmonybook.imweb.me
인스타그램 instagram.com/harmony_book_
팩   스 02-2671-5662

979-11-6747-278-6 03810
© 이송이, 2026, Printed in Korea

책값은 뒤표지에 있습니다.

이 도서의 국립중앙도서관 출판예정도서목록(CIP)은 서지정보유통지원시스템 홈페이지(http://seoji.nl.go.kr)와 국가자료공동목록시스템(http://www.nl.go.kr/kolisnet)에서 이용하실 수 있습니다.